KB062395

로크미디어가
유혹하는
재미있는 세상
ROK
MEDIA
로크미디어

이것이 삶이다

이것이 법이다 138

2022년 6월 3일 초판 1쇄 인쇄
2022년 6월 9일 초판 1쇄 발행

지은이 자카예프
발행인 김정수 강준규

기획 이기헌 왕소현 박경무 강민구
책임편집 최전경
마케팅지원 이원선

발행처 (주)로크미디어
출판등록 2003년 3월 24일
주소 서울시 마포구 성암로 330 DMC첨단산업센터 318호
Tel (02)3273-5135 **편집** 070-7863-8592 **Fax** (02)3273-5134
홈페이지 rokmedia.com **E-mail** rokmedia@empas.com

값 8,000원

ISBN 979-11-354-7352-4 (138권)
ISBN 979-11-255-9575-5 04810 (세트)

자카예프 장편소설

이 소설은 픽션입니다.
등장하는 인물 및 지명 등은 현실과 연관이 없습니다.
또한 소설 내에 나오는 법이나 법리 해석의 경우에도 대중문학의 극적 전개를 위하여 일부분 과장되거나 변형된 것이 존재하니 실제 법과 혼동하지 않으시길 바랍니다.

CONTENTS

한국이 아니라고 해도 결국 한국의 돈

라스베뜨의 사장은 붉은늑대를 정리했다고 생각했다.

뒤를 봐주는 러시아에서 자신들에게 손대는 러시아 조직을 그냥 두지는 않을 거라 믿은 것이다.

물론 그건 반은 맞았고 반은 틀렸다.

러시아의 손을 빌려서 붉은늑대 수뇌부를 제거하기를 원했던 노형진은 그를 위해 라스베뜨의 사장을 이용했다.

그리고 라스베뜨의 사장의 말대로 수뇌부만 제거되었다.

라스베뜨의 사장은 그로써 모든 게 해결되었다고 생각했지만 사실 해결된 건 아무것도 없었다.

"끄아아악!"

라스베뜨의 사장은 바닥을 뒹굴면서 비명을 질렀다. 전에

부러진 손이 아니라 다른 손이 반대쪽으로 돌아가 있었다.

"꽉 잡아."

"제발…… 제발……."

"우리 붉은늑대를 건드리고도 살아남을 수 있을 거라 생각했나?"

세르게이는 의자에 앉아서, 피를 흘리는 그를 내려다보면서 말했다.

"우리가 너희한테 당하고 그냥 물러날 거라 생각했어? 하, 웃기는군. 붉은늑대를 건드리고도 살아남을 거라 생각하다니."

세르게이는 고개를 돌려서 라스베뜨 사장의 가족들을 바라보았다.

"가족들까지 있는 놈이 간땡이가 부었어."

"제발…… 제발 가족은 안 됩니다."

"그랬으면 우리를 건드리지 말았어야지."

세르게이는 그렇게 말하면서도 속으로는 환호하고 있었다.

'이제 붉은늑대는 내 것이다.'

노형진의 계획에 따라 붉은늑대는 라스베뜨를 건드렸다.

당연히 그쪽에서는 붉은늑대를 공격했다.

정상적인 상황이라면 붉은늑대는 통째로 갈려 나갔을 것이다.

하지만 노형진이 러시아 정치국과의 거래를 통해 수뇌부만 처벌하는 수준으로 끝내기로 했다.

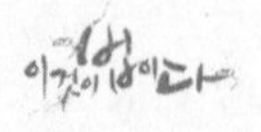

그리고 그 업적은 세르게이가 다 먹었다.

그 결과 세르게이는 외부인을 이용해 조직원들을 구한 영웅이 되었고, 살아남은 조직원들은 자연스럽게 세르게이를 따르게 되었다.

세르게이는 조직의 돈을 풀어서 그들의 환심을 사는 한편 피의 복수를 천명했다.

러시아의 레드 마피아들은 상당히 공격적이고 전근대적인 방식으로 운영된다.

약해 보인다는 것. 그리고 보복을 하지 않는다는 것은 적에게 자신들의 약점을 보이는 것과 같다.

당연히 붉은늑대는 피의 보복을 외치면서 자신들을 공격한 대상을 찾았고, 라스베뜨라는 것을 알아내는 것은 어려운 일이 아니었다.

'내가 모든 것을 다 가진다.'

아무리 세르게이가 강제로 조직에 들어왔다지만 십수 년의 경험이 사라지는 것은 아니었기에 그는 눈앞에서 벌어지는 잔혹한 광경에 눈 하나 깜짝하지 않았다.

"계속해."

세르게이의 말에 조직원들이 몸으로 라스베뜨의 사장을 찍어 눌렀고 다른 조직원은 오른쪽 발을 잡아당겼다.

"안 돼! 안 돼!"

사장은 비명을 질렀지만 그가 비명을 지르든 말든 조직원은 그의 정강이에 쇠 파이프를 휘둘렀다.

"끄으아아악!"

처절한 비명에 결국 사장의 와이프는 기절하고 말았고, 온 가족은 다음에 벌어질 끔찍한 일에 바짝 얼어붙었다.

특히나 딸의 경우는 남자가 가득한 조직에서 이다음에 벌어질 일이 뭔지 너무나 쉽게 알 수 있었기에 차라리 죽어 버리고 싶은 마음이었다.

사장은 차라리 기절해 있었으면 했을 것이다.

하지만 그렇게 쉽게 둘 수 없다는 건 누구보다 세르게이가 잘 알고 있었다. 기절해서 고통을 피한다? 누구 좋으라고 그렇게 두겠는가?

세르게이의 눈짓을 받은 조직원이 곧 얼음이 가득 들어 있던 찬물을 사장의 얼굴에다가 부어 버렸다.

그 찬 기운에 사장은 정신이 번쩍 들었고, 동시에 고장 난 몸뚱이에서 고통이 몰려왔다.

"끄아아아…… 아아악……."

부러진 두 개의 팔, 그리고 한 개의 다리.

"아직 하나가 남았네."

"제발…… 시키는 대로 하겠습니다. 제발……."

사장은 꿈틀거리며 기어 와 세르게이의 신발에 입을 맞추면서 빌었다.

권력자들에게 이야기해서 보복하기에는 그들은 너무나 멀

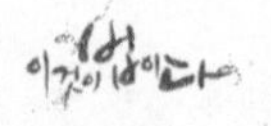

리 있었고, 전환우라는 한국의 의뢰인은 아예 다른 나라에 있었다.

"전에도 그랬던 것 같은데."

"제발……."

그는 자신의 과거를 너무나 후회했지만 이제 와서 바꿀 수 있는 게 없는 상황. 세르게이는 그런 그를 물끄러미 쳐다보다가 고개를 돌려서 가족들을 바라보았다.

그러곤 차갑게 말했다.

"딸년 데려와."

"아…… 안 됩니다. 제 딸만은 제발! 차라리 저를 죽여 주세요. 저를 죽여 주시고 다른 가족들에게는 자비를…… 제발…… 제발……."

이제 무슨 일이 벌어질지 알아차린 사장은 비명을 질렀다.

자신과 다른 가족들이 보는 앞에서 딸이 집단 강간을 당할 거라 생각한 그는 차라리 자신을 죽여 달라고 빌었다.

그러나 세르게이는 그들이 생각하는 방법을 선택하지 않았다.

"간단하게 이야기하지. 딸에게 회사의 전권을 넘겨라."

"네?"

"딸에게 회사의 전권을 넘기고, 딸은 우리 조직에 들어온다. 거절하면 저 뒤에 우리 늑대들이 기다리고 있고."

몇몇 남자들은 당장 허리의 벨트를 풀어 버릴 듯한 모습이었다.

"네놈은 못 믿지. 그리고 그렇게 병신이 되어서 나서면 우리도 곤란하고. 딸에게 전권을 넘기고 우리 투자를 받아들여. 그러면 이번만은 살려 주지."

"……."

"전환우인지 뭔지 하는 놈이 그렇게 두렵나? 모가지에 칼이 들어오는 것만큼이나? 뭐, 네가 죽어도 그놈은 또 다른 누군가를 전면에 세울 테니까 우리는 그때 다시 족치면 되는 거야. 그러다 보면 언젠가는 굴복하는 놈이 나오겠지."

전환우의 이름이 나오자 사장은 눈을 부릅떴다가 이내 고개를 숙였다.

다 알고 온 거라면 피할 방법이 없다고 생각한 것이다.

"당에서 왜 우리를 살려 뒀을까? 슬슬 그 멍청한 대가리를 돌려 보면 답 나오잖아?"

"……."

사장은 결국 인정할 수밖에 없었다.

"투자를 받겠습니다, 그게 얼마가 되었든 간에……."

세르게이는 씩 하고 미소를 지었다.

"왜 사장을 살려 둔 겁니까?"

세르게이는 솔직히 이해가 가지 않았다.

원칙대로라면 자신들은 사장과 그 가족들을 잔인하게 죽여야 한다.

실제로 붉은늑대의 조직원들은 그러기를 원했다.

그러나 노형진이 그걸 막아 버렸다.

노형진이 건넨 두둑한 보너스 덕분에 불만을 틀어막을 수 있었지만 기본적인 규칙을 무너트리는 건 좋은 선택은 아니었다.

"피는 피로 갚는 게 레드 마피아의 원칙입니다. 혹시 뭐, 살인 등에 대해서는 거부감이 드셔서 그런 겁니까?"

"명색이 변호사인데 살인하라고 할 수는 없지요."

"고작 그런 이유로 그렇게 막대한 지출을 하신 겁니까?"

노형진은 고개를 흔들었다.

"그런 건 아닙니다. 고작이 아니라 상당한 이유가 있지요. 그들을 죽이면 다른 사람이 올 거 아닙니까?"

"그야 당연하죠."

"전환우는 바보가 아닙니다. 그렇게 되면 다른 안전 대책을 세우겠지요."

경호원을 보내거나 회사의 주소를 옮기거나.

"아!"

사실 경호원도 필요 없고 그냥 회사의 주소만 옮기면 붉은늑대의 관리지역에서 벗어나게 되는데, 그리되면 붉은늑대는 더 이상 아무것도 할 수 없다.

다른 조직의 구역을 건드리는 건 전쟁을 하자는 의미니까.

"라스베뜨는 자금 세탁을 위한 기업입니다. 공장도 없고 그냥 사무실 하나뿐이에요. 주소 하나 옮기는 건 어려운 일이 아니죠."

"그러면?"

"현 사장은 당신네 손아귀에 있지요. 그리고 딸이 조직에 속해 있습니다. 그러면 그가 전환우에게 보고할 수 있을까요?"

"못 하겠군요."

"가족을 인질로 삼는 건 고대로부터 내려온 전형적인 전략입니다."

다만 노형진은 변호사이기에 그런 행동까지 하고 싶지는 않았다.

'하지만 상대가 전환우라면 이야기가 다르지.'

전환우.

국민을 총과 탱크로 밀어 버리고 권력을 차지한 학살자이자 독재자.

그의 재산을 지키는 사람들을 굳이 법으로 지켜 줘 가면서까지 싸우고 싶지는 않았다.

그들이 한국의 피해자들을 신경 쓰지 않았던 것처럼 말이다.

"은닉 재산에 대한 처리가 끝날 때까지 전환우에게는 아무런 소식도 전해지지 않을 겁니다."

그랬기에 노형진은 그들을 죽이지 말라고 한 것이다.

"그래도 겁을 좀 주라고 했지, 반병신을 만들라고 한 건 아닌데요."

"우리도 적당히 겁준 것뿐입니다."

"양팔과 한쪽 다리를 부러트린 게요?"

"규칙대로라면 부러트리는 게 아니라 잘라 버렸겠지요."

노형진은 '역시 러시아 마피아 조직인가.' 하는 생각에 쓰게 웃었다.

"이제는 그러지 마세요. 라스베뜨를 삼키게 되면 전면으로 나서야 하니까요."

"주의하겠습니다. 그러면 이제 어떻게 해야 합니까?"

"뭐, 사장의 승인이 났으니 자연스럽게 투자를 해야지요."

그리고 지분의 절반 이상이 이쪽으로 넘어오는 때가 움직일 시간이었다.

"아마 전환우도 그냥 당하지는 않을 겁니다."

전 재산을 다 털리게 생겼는데 전환우가 그냥 넘어갈 리가 없다. 당연하게도 뭔가 수를 쓸 가능성이 높다.

"그걸 노려야지요."

노형진은 씩 웃으며 말다.

"그때가 되면 다시 돌아오겠습니다. 아마 오래 걸리지는 않을 겁니다, 후후후."

"뭐? 그게 무슨 소리야?"

"라스베뜨에서 우리와 거래를 끊었습니다."

"뭔 말도 안 되는 소리야? 내가 주인인데 내 허락도 없이 거래를 왜 끊어?"

전환우는 이해가 가지 않았다.

라스베뜨는 자신의 자산을 관리하기 위해 만든 유령 기업이다.

그런데 그런 유령 기업에서 자신의 허락도 없이 거래를 끊었다?

"사장 놈은?"

"어디론가 사라졌습니다. 지금은 세르게이라는 녀석이 인수했습니다."

"인수?"

"그렇습니다. 확인 결과, 라스베뜨에 막대한 자금을 투자했습니다."

그렇게 투자해서 경영권을 확보하고 기존 사장을 해직. 자연스럽게 그가 새로운 사장으로 취임했다는 거다.

"무슨 말도 안 되는 소리야? 그게 가능할 리가 없잖아!"

"가능합니다, 법적으로는……."

전환우는 재산을 가질 수 없는 몸이다.

재산이 등록되면 정부에서 무조건 빼앗아 가기 때문이다.

그래서 라스베뜨 역시 공식적으로는 그의 재산이 아니다.

"이런 미친……. 그놈이 날 배신한 거야?"

처음 드는 생각은 배신.

하지만 부하는 고개를 흔들었다.

"아닙니다. 지역의 레드 마피아와 결탁한 것 같습니다."

"레드 마피아?"

"세르게이 놈은 그 지역을 관리하는 붉은늑대라는 레드 마피아의 보스입니다."

"이놈들이……!"

전환우는 이를 빠드득 갈았다.

권력을 잃고 힘이 약해졌다고 해서 그의 성격이 부드러워진 것은 아니었다.

그저 더는 힘이 없어서, 산 채로 토막 내고 싶어도 그러지 못할 뿐이었다.

안 그래도 얼마 전에 자신이 감춰 둔 막대한 현금을 정부에서 가지고 가는 바람에 쪼들려서 죽을 맛이었다.

그런데 이런 식으로 장난을 치다니?

"러시아 정부는 뭐래? 나한테 무슨 말이 있었을 거 아니야!"

"자신들은 개인 간 문제에는 관여하지 않는답니다. 불만이 있으면 들어와서 법적으로 해결하랍니다."

"어이가 없군."

전환우가 러시아에 가고 싶어 한다고 해서 대한민국 정부에서 보내 줄 리가 없다.

그는 국가의 기밀을 알고 있는 전직 대통령일 뿐만 아니라 국가에 죄를 지은 범죄자이기도 하다.

당연히 해외로 가면 국가 기밀을 조건으로 망명할 가능성이 있기에 절대 러시아로 보내지 않을 것이다.

"대리인을 보낸다면?"

"법적으로 상대해야 하는데……."

애초에 법적으로 라스베뜨는 전환우의 기업이 아니다.

"으음……."

전환우는 침묵을 지켰다.

"레드 마피아 뒤에 누가 있는 거지? 그 무식하고 가난한 놈들이 투자라는 형태로 기업을 집어삼키는 걸 생각해 냈을 리 없는데."

"노형진이라는 변호사입니다."

"노형진?"

전환우는 눈을 찡그렸다.

얼마 전 급작스레 찾아와 추징금을 내라는 둥 헛소리를 하던 놈이다. 설마 그래서……?

"그놈이 왜?"

"애초에 돈을 가지고 있는 놈이니까요. 그놈은 마이스터의 대리인입니다. 개인적으로 투자할 돈도 있는 놈이구요.

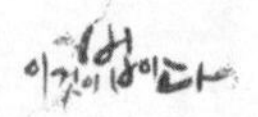

아마도 각하의 돈을 노리는 거라고 생각합니다."

"오래 두면 곤란할 놈이군."

"어떻게 할까요, 각하?"

'각하'는 한 나라의 권력자를 칭하는 말이다.

하지만 부하들은 여전히 전환우를 각하라고 부르고 있었다.

그 이유는 간단했다.

거부할 수 없으니까.

어떤 인간인지 누구보다 가장 잘 아니까.

"지금 어디에 있지?"

"러시아에 있습니다."

전환우는 눈을 번뜩거렸다.

"내가 뭘 원하는지는 알 테지?"

⚖

"전환우는 바보가 아니니까 저를 죽이려고 할 겁니다."

노형진은 세르게이에게 아주 당연하다는 듯 말했다.

"저 때문에 피해를 입었는데 그냥 넘어갈 놈은 아니거든요."

권력을 지키기 위해 수백만 명을 죽이려고 했던 학살자다.

실제로 광주에서는 수천 명이 실종된 상태이다.

독재자들의 성격은 상당히 비슷하다.

킬링 필드에서 수백만 명이 죽었지만 주범들은 절대 반성

하지 않았다.
그건 전환우 일당도 마찬가지.
"사람이 바뀌지 않으면 대응책은 비슷할 수밖에 없지요."
"그게 당신을 암살하는 거다 이거군요."
"그다지 놀라지 않으시네요?"
"러시아니까요."
"하긴, 그도 그렇겠네요."
적에 대한 암살이 아주 당연하게 벌어지는 러시아에서는 그다지 충격적인 일도 아닐 것이다.
"어찌 되었건, 방법은 두 가지뿐입니다. 첫째, 저를 죽이는 것."
노형진에 대한 암살. 그걸 예상하는 건 어렵지 않다.
전환우의 성격을 생각하면, 어찌 보면 아주 당연한 선택이다.
"그리고 둘째, 다른 조직을 통한 공격. 전환우는 아마 이 두 가지 모두를 선택할 겁니다."
"다른 조직이라……."
세르게이는 이해가 간다는 듯 고개를 끄덕거렸다.
돈의 마력은 어마어마하다.
파멸을 향해서 달려가면서도 돈을 포기하지 못하는 사람들은 숱하게 봐 왔다.
"당신을 죽임과 동시에 저희 조직을 소탕하려고 하겠군요."

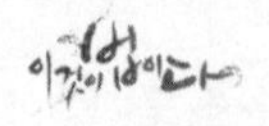

"맞습니다. 정확하게는, 저를 먼저 죽이고 나서 다른 조직을 움직이겠지요."

노형진을 죽이기 전에는 러시아의 정치인들을 움직일 수가 없다는 것을 지금쯤 알아차렸을 것이다.

그리고 붉은늑대가 라스베뜨를 차지한 이상, 붉은늑대를 정리하기 전에는 라스베뜨를 되찾지 못한다는 것도 알고 있을 테고.

그러니 최우선 조건은 바로 노형진의 죽음.

"정치인들을 이용해서 공격하는 건 불가능할까요?"

"급이 너무 차이가 나니까요. 자화자찬 같습니다만, 그럴 가능성은 높지 않지요."

노형진과 마이스터가 움직이면 안 그래도 힘든 러시아의 상황은 더욱 곤란해질 수밖에 없다.

"그리고 러시아 정치인들 입장에서도 누가 더 이득이 되는지는 답이 이미 나와 있으니까요."

결국 남은 것은 그다지 없다.

붉은늑대를 공격할 만큼 규모가 있으되, 러시아 정부의 입김이 닿지 않은 조직들.

"그들을 통해 공격하려고 하겠지요. 저에 대한 공격도 겸해서요."

"그러면 차라리 한국에 계속 계시지 그러셨습니까?"

사실 치안으로 본다면 한국이 더 안전하다.

그러니 정상적인 사람이라면 치안이 불안한 러시아에 돌아오는 게 아니라 한국에 남아 있는 걸 선택했을 것이다.

하지만 노형진은 러시아로 돌아왔다.

"그게 저들이 노리는 겁니다."

"네? 무슨 말씀이십니까?"

"한국에는 제 적이 엄청나게 많습니다."

노형진이 파멸시킨 인간만, 뻥을 조금 보태면 사단급 인원이 되기 때문에 경찰이 수사하기가 곤란할 지경이다.

"하지만 러시아까지 영향력이 미치는 사람들은 거의 없지요. 총기요? 물론 대한민국이 총기에서 안전하기는 하지요. 하지만 그건 상대적인 겁니다."

"상대적이라니요?"

"총기 사건이 없기 때문에, 진짜로 총기 사건이 터져 버리면 경찰은 수사 방향을 정하지 못합니다."

가령 먼 거리에서 저격하는 경우 대한민국 경찰은 범인이 버리고 간 총을 앞에 놓고도 이게 어디에서 왔는지, 그리고 범인이 누군지 특정하지 못한다.

"전환우 같은 군부 출신의 대통령이 설마 불법 총기 업자를 모르겠습니까? 총기를 이용해서 저를 죽여도 전환우에게까지는 도달하지 않습니다."

당연한 한번 쓰고 버리는 총일 테고, 거기에 지문이나 유전자 같은 걸 남겨 둘 정도로 허술한 암살범을 쓰지는 않을

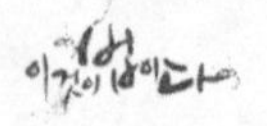

것이다.

“실제로 저에 대한 근거리 암살 시도가 몇 번 있었지요.”

하지만 단 한 번도 성공하지 못했다.

노형진이 언제나 예상하고 막아 내거나 운이 좋아서 다 틀어졌기 때문이다.

“하지만 원거리 암살은 이야기가 다르죠.”

편의성을 생각하면 근거리 암살보다는 원거리 암살이 훨씬 더 쉽고 빠르다.

그럼에도 근거리 암살이 여전히 더 많은 것은, 사고로 조작할 수도 있고, 설사 실패한다 해도 범인을 특정하기 어려워지기 때문이다.

원거리에서 암살하기 위해서는 일단 사람이 없는 장소를 확보해야 한다. 그러나 대부분의 장소에 CCTV가 설치되어 있는 현대사회의 특성상 그런 외진 곳을 배회하는 자들은 도리어 의심받기 쉽다.

이에 비해 근거리에서 암살을 시도하면, 가까이 있던 사람들이 죄다 도망가기에 그중 누가 범인인지 특정할 수가 없다.

“하지만 전환우는 그런 걸 신경 쓰는 타입이 아니거든요.”

일단 죽일 수만 있다면 주변의 눈치를 보지 않는다.

“우리 대통령 같네요.”

세르게이는 쓰게 웃었다.

현재 러시아 대통령은 대놓고 암살을 저지르면서 나한테 개기면 죽는다는 모습을 보여 주고 있으니까.

"비슷할 겁니다. 그러니까 국민들 목숨을 개만도 못하게 알지요."

노형진은 어깨를 으쓱하며 말했다.

"그래서 결국 총이 사용될 거라면 차라리 러시아가 더 안전하다는 겁니다."

이후 노형진은 창밖을 슬쩍 내다보며 말문을 이었다.

"이쪽 동네는 쏠 수 있는 공간이 한정되어 있거든요."

노형진이 현재 있는 곳은 상당한 높이의 호텔이다.

그리고 이 호텔 주변에는 적당한 높이의 빌딩이 없다.

"저격의 문제는, 높은 곳에서 낮은 곳으로 쏴야 한다는 겁니다."

물론 아래에서 위로 쏘는 게 불가능한 것은 아니지만 일단 맞을 가능성이 너무 낮다.

"결국 제가 이곳에 있는 한, 가능성이 있는 곳은 최대 다섯 곳뿐이지요."

이 호텔을 저격할 수 있는 장소는 총 다섯 곳.

물론 일반적인 저격 소총 기준이다.

성능이 괴물 같은 바렛류의 대전차 라이플 같은 걸 쓰면 훨씬 더 길어지지만.

"시는 외곽으로 나갈수록 낙후되어 있으니까요."

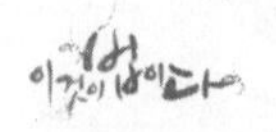

당연히 먼 거리에서 쏘는 데에는 한계가 있다.

"하지만 외부에 나갔을 때 쏠 수도 있지 않습니까?"

"안 나갈 겁니다만."

"네?"

"여기서 나가지 않을 겁니다. 걱정하지 마세요, 후후후."

노형진은 씩 웃으며 말했다.

⚖

의뢰받은 안토노프는 노형진이 호텔 밖으로 나오기를 차분하게 기다렸다.

하지만 무려 나흘이 지나도록 노형진은 호텔에서 나오지 않았다.

"예상한 건가?"

안토노프는 눈을 찡그렸다.

어떤 방법을 써도 좋으니 죽여 달라는 청부를 받았다.

하지만 동원할 수 있는 방법에는 결국 한계가 있다.

다른 피해자를 만드는 순간 그건 살인이 아니라 테러에 들어가게 되는데, 그런 경우 자신은 러시아 정부의 추격을 받게 된다.

물론 그런 상황이 두려운 것은 아니다. 그런 게 두려웠다면 애초에 킬러 노릇도 하지 못했을 테니까.

그러나 귀찮은 것은 어쩔 수가 없었다.

"그렇다고 마냥 기다릴 수도 없고."

창문 너머로 쏠까 하는 생각도 했지만 그가 알기로 저 호텔은 방탄유리로 되어 있다.

더군다나 커튼을 쳐 둔 상태라 안에서 뭘 하는지 밖에서는 도무지 보이지 않았다.

"다른 방법을 찾아야 하나?"

사실 저격수는 엄청나게 고되고 힘든 직업이다.

한 명을 잡기 위해 한자리에 죽치고 앉아서 세월아 네월아 해야 한다.

움직이지 않기 위해 소변도 참아야 한다.

과거에는 그냥 소변을 흘렸다지만 이제는 그마저도 못 한다.

전쟁터라면 모를까, 여기는 도시다.

소변을 흘렸다가 거기에서 유전자라도 나오면 그가 특정되는 건 한순간이다.

당연히 안토노프는 한순간을 기다리면서 마냥 참는 수밖에 없었다.

과거에 배운 대로 말이다.

하지만 그가 몰랐던 것은, 과거 그가 러시아에서 저격수로 활동하던 시기보다 기술이 너무 많이 발전했다는 것, 그리고 노형진이 그 기술을 너무 잘 써먹는다는 것이었다.

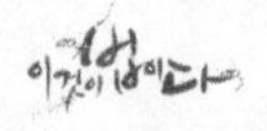

"추운데 고생이 많네."

노형진은 카메라를 보면서 혀를 끌끌 찼다.

저격수가 이쪽을 노려보고 있다는 것은 알지만 그다지 겁나지 않았다.

안토노프의 예상대로 창문은 방탄유리에 커튼을 쳐 둔 상태이고, 거기다가 그는 다른 이의 명의로 빌려 둔 다른 방을 랜덤하게 오가고 있었으니까.

그것도 반대쪽 방향에서 말이다.

즉, 안토노프가 죽어라 감시하는 그 방은 애초에 비어 있는 것이다.

"현실을 알면 저격수가 엄청나게 슬퍼하겠는데요?"

세르게이는 쓰게 웃었다.

그럴 수밖에 없는 게, 지금 안토노프는 자신이 철저하게 숨어 있다고 생각하고 있었다.

그리 생각하는 것도 크게 틀린 것은 아니었다.

만일 일반적인 항공 감시였다면 안토노프의 모습을 찾아낼 수는 없었으리라.

하지만 열화상 카메라를 통해 본다면?

차가운 러시아의 공기는 지붕에 엎드려 있는 안토노프의 모습을 너무나도 잘 보여 주었다.

"나흘째인가? 전문적으로 훈련받은 놈인 것 같은데."

"러시아에서는 훈련받은 암살자를 찾는 게 어려운 일은 아니니까요.”

노형진은 세르게이의 말에 고개를 끄덕거렸다.

“하지만 열화상 카메라는 생각도 못 했겠지요.”

애초에 열화상 카메라를 이용한 드론은 그가 활동할 당시에는 존재하지도 않았다.

그나마 헬기에는 달고 다닐 수 있었지만 지금은 헬기가 아니라 드론이라, 그는 무언가가 위에서 자신을 지켜보고 있다는 걸 전혀 모르는 상태였다.

사실 그런 열화상 카메라를 막는 장비 역시 존재하기는 하지만 그건 가격도 비싼 데다가 시중에서 쉽게 살 수 있는 물건도 아니었다.

“그런데 왜 저렇게 그냥 두시는 겁니까? 그냥 체포하면 안 됩니까?”

세르게이는 이해가 안 간다는 듯 물었다.

무려 나흘을 추위에 벌벌 떨고 있을 저격수다.

노형진이 말만 하면 그를 잡는 건 어렵지 않다.

위치도 알고 퇴로도 다 차단할 수 있으니까.

“고문할 수는 없지 않습니까?”

“네?”

“우리가 그를 잡아가서 조사한다고 한들, 그가 뒤에 누가 있는지 말할까요?”

“하지 않겠지요.”

러시아의 군대는 엄청나게 전근대적이라고 소문나 있다.

그런 군대는 일반적으로 정신력을 가장 우선시한다.

그런데 그 안에서도 가장 정신력을 높게 치는 보직 중 하나가 바로 스나이퍼, 즉 저격수다.

한자리에서 몇 날 며칠이고 표적을 기다리는 것은 절대 쉬운 일이 아니다.

당연히 저렇게 숨은 상태에서는 제대로 먹지도, 자지도 못한다.

"우리가 데려다가 심문해도 당연히 아무 말도 하지 않겠지요. 하지만 저렇게 버티는 행동 자체가 정신력을 어마어마하게 까먹는 짓입니다."

"아, 그런가요? 전 군대에 갔다 오지 않아서."

"그렇습니다. 지독하게 힘들죠."

참호라면 돌아가면서 잠이라도 자는데, 혼자서 죽어라 버티고 있으니 체력적으로 정신적으로 소모가 심할 수밖에 없다.

"그래서 제가 그냥 두는 겁니다."

차가운 콘크리트 지붕에서 움직이지도 못하고 숨어서 버티는 게, 따뜻한 경찰서 내부에 앉아서 먹을 거 다 먹고 잘 거 다 자면서 심문받는 것보다 정신력의 소비가 심한 건 당연한 일.

"저 사람이 얼마나 뛰어난지는 모르겠지만 조만간 바닥을 드러낼 겁니다. 그때가 우리가 움직일 시기입니다."

노형진은 씩 웃으며 말했다.

⚖

'안 돼. 이러다가는 죽겠어.'

엿새째가 되자 안토노프는 자신이 한계에 봉착했다는 걸 알았다.

군대에서 저격수로 훈련받았고 그동안 관리도 했지만, 나이가 있다 보니 체력적인 한계에 다다르지 않을 수가 없었다.

사실 이 날씨에 엿새나 버틸 수 있었던 것은 의뢰주가 제시한 어마어마한 돈 덕분이었다.

그 돈이면 은퇴해서 조용히 살 수 있기에 그렇게 악착같이 버틴 것이다.

하지만 이제는 체력적으로도 정신적으로도 한계가 왔고, 기회는 없었다.

'이러다 죽는다.'

그는 힘겹게 몸을 움직여서 천천히 옥상에서 내려가기 시작했다.

이미 기저귀는 축축해져서 넘친 지 오래였고, 체력은 완전히 바닥났다.

지난 엿새간 물도 제대로 못 마신 데다 음식은 최소한의 육포뿐이었으니까.

'일단은 소변 때문에 유전자도 남아 버렸으니 여기서 암살하면 내가 위험해져.'

나름 합리적인 변명을 하면서 계단 안쪽으로 들어간 그는 미리 준비한 옷으로 갈아입고 다른 사람의 눈을 피해서 계단을 마저 내려가려 했다.

하지만 그가 막 계단에 들어서는 순간 그의 눈에 보인 것은 경찰과 그들이 들고 있는 총이었다.

"손들어. 움직이면 쏜다."

"이 무슨……."

전혀 이상한 낌새도 없었다.

경찰이 자신을 알았다면 벌써 잡으러 왔어야 했다.

그런데 내려가는데 잡는다?

"뭔가 오해가 있으신 것 같은데."

애써 변명하려고 하는 안토노프였다.

"그 안에 든 건 뭐지? 아니, 질문할 필요도 없겠군. 총 내려놔."

"총요? 무슨 총요? 이건 그냥 기타 케이스입니다."

"열어 보면 알겠지. 당장 내려놔."

경찰의 단호한 명령.

안토노프는 체력이 떨어져서 더 이상 싸울 수도 없다는 사실에 눈을 질끈 감을 수밖에 없었다.

"안토노프. 러시아 저격여단 소속 대위. 경제 위기 당시에 해직, 이후 무직."

노형진은 저격수가 잡혔다는 소식에 그를 만나러 갔다.

노형진이 경찰서에 도착했을 때 안토노프는 멀쩡한 상태가 아니었다.

그가 내려놓은 상자 안에 있던 게 진짜로 총이라는 사실이 드러나자마자 러시아 경찰이 안전을 핑계로 흠씬 두들겨 팼기 때문이다.

그렇지만 그들을 뭐라고 할 수가 없는 게, 스페츠나츠 출신으로 범죄자가 된 사람들은 무기가 있건 없건 온몸이 흉기인지라 안전을 위해서라도 저항의 가능성을 막아 놔야 했기 때문이다.

"그리고 엿새간 저를 노리면서 옥상에서 먹고 자고 하셨지요?"

안토노프는 흠칫했다.

자신은 아직 아무런 말도 하지 않았기 때문이다.

"어떻게 아느냐고요?"

노형진은 피식 웃으면서 미리 정리해 온 영상을 그에게 보여 주었다.

엿새간 추운 밖에서 노숙하면서 엎드려 있는 빨간 무언가.

그게 자신이라는 걸 안토노프가 알아차리기까지는 오래

걸리지 않았다.
'상당히 흔들리는군.'
노형진의 예상대로, 지칠 대로 지친 안토노프는 지난 엿새간 역으로 본인이 감시 대상이었다는 사실에 충격을 받은 듯했다.
'그럴 만하지.'
몸 상태가 정상이라고 해도 놀랄 만한 일인데 지금은 그렇지도 않으니까.
더군다나 노형진은 경찰에게 절대 그를 쉬게 하지 말라고 했다.
사실 경찰이 그를 두들겨 팬 이유 중에는 그것도 있었다.
휴식을 취하면 체력이나 정신력이 회복될 가능성이 크기에 러시아 경찰은 피곤에 찌들어 휘청거리는 안토노프에게 얼음물을 들이부으며 정신을 못 차리게 했다.
"원하……는 게…… 뭡니까?"
안토노프는 너무 피곤한 나머지 집중이 되지 않았다. 그저 이 순간만을 벗어나고 싶었다.
"저를 죽이라고 한 사람이 누군지 알고 싶습니다."
"……."
'그래, 그렇지. 말할 리가 없지.'
아무리 정신이 없다고 해도 저격수 훈련을 받고 온갖 고문 대응 훈련을 받은 안토노프 같은 자가 질문한다고 해서 순순히 대답할 리가 없다.

'하지만 정신력의 하락은 혼란을 가져오지.'

좋게 물어본다면 당연히 대답하지 않을 것이다.

하지만 협박이 같이 들어간다면?

그때는 이야기가 다르다.

강한 정신력이 뒷받침되지 못한다면 누구라도 협박에 굴할 수밖에 없다.

"안토노프 씨, 혹시 흑돌고래교도소라고 아십니까?"

안토노프가 흠칫했다.

"저는 말입니다, 대한민국의 교도소가 너무 편하다고 생각합니다. 대한민국에도 흑돌고래교도소 같은 걸 만들어야 한다고 생각합니다만. 어떻게 생각하세요?"

흑돌고래교도소.

지혜롭고 영민한 동물인 돌고래의 이미지와 다르게 흑돌고래교도소는 지옥 그 자체다.

전 세계에서 최악의 교도소 중 하나로 분류된다.

2인 1실의 창문 없는 작은 감방. 그리고 죄수 간의 대화는 완전 금지.

면회는 1년에 딱 한 번, 네 시간.

그마저도 아크릴 창 너머로만 대화가 가능하며, 지독할 정도의 노역에 시달린다.

공식적인 자리에서 죄수는 사람이 아니라는 말을 대놓고

하는 교도관이 있을 정도로 최악이라 음식도 빵과 수프가 끝이며, 그마저도 맛을 낸다기보다는 그냥 닥치는 대로 넣고 끓인다는 개념이다.

당연히 지독하게 맛이 없다.

더군다나 그곳은 탈옥과 자살, 자해 등을 막기 위해 스물네 시간 불을 켜 놓고 내부는 CCTV로 항시 감시한다.

하루에 한 번 무조건 방 안을 수색해서 조금이라도 위험한 것이 있다 싶으면 다 빼앗는다.

이동 중에는 죄수 한 명에게 여섯 명의 간수와 훈련받은 경비견이 따라붙는데, 그때도 죄수는 무조건 바닥을 보도록 강제로 고개를 숙이게 한다.

교도소 측의 말에 따르면 들어오는 순간부터 영원히 하늘을 볼 일이 없고 나가는 방법은 죽는 것뿐이라고 하는데, 현실은 더해서 죽어도 나가지 못한다.

시신을 밖으로 내보내서 처리하는 게 아니라 교도소 내부의 공동묘지에 대충 묻어 버리기 때문이다.

"제가 당신을 흑돌고래교도소에 보내 버리는 데 필요한 돈이 얼마일까요?"

"……!"

순간 안토노프의 눈이 엄청나게 커졌다.

설마 그곳으로 보내 버리겠다는 이야기가 나올 줄은 몰랐으니까.

"뭐, 적당히 죄를 붙여서 당신을 거기다 가둬 버리는 건 어렵지 않죠."

죄수들이 차라리 죽여 달라고 하는 곳.

그러나 죽을 수도 없는 곳.

살아 있는 지옥이 바로 흑돌고래교도소다.

"당신이 거기에 간 후에 자녀들이 제대로 자라날지도 걱정이네요."

"뭐라고? 지금 무슨 헛소리를 하는 거야!"

"헛소리가 아니죠."

노형진은 어깨를 으쓱했다.

"아버지와 아들이 모두 흑돌고래교도소에서 죽는다면 참으로 비극적인 일 아니겠습니까?"

"자…… 잠깐, 우리 아들은 건들지 마세요."

다급하게 말하는 안토노프.

정신력의 한계와 체력적 한계가 온 그는 노형진이 한 말의 실현 가능성을 제대로 판단할 수가 없었다.

실제로 돈만 있으면 안토노프를 흑돌고래교도소에 보내는 건 어려운 일이 아니었다.

그 지독한 러시아 마피아조차도 흑돌고래교도소에 가는 것을 두려워해 거기에만은 가지 않기 위해 파산할 정도로 변호사에게 돈을 뿌려 댄다.

"뭐, 돈이 없는 사람은 작은 실수로도 인생 조지는 법이지요.”

“제발…… 제발…… 부탁드립니다.”

안토노프는 공포가 밀려왔다.

그동안 단 한 번도 겪어 보지 못했던 공포였다.

상대가 자신이 아무리 노력해도 결국 이길 수 없는 존재라는 것, 그리고 그로 인해 자신뿐만 아니라 아들도 지옥으로 떨어질 거라는 걸 알게 되자 최소한의 저항 의지조차 사라졌다.

“살고 싶으세요?”

노형진의 말에 안토노프는 격하게 고개를 끄덕거렸다.

그러자 노형진은 바깥쪽으로 손짓했다.

거울 유리창 너머에 사람들을 대기시켜 놨으니 말이다.

잠시 후 안으로 들어온 사람들은 안토노프 앞에 카메라를 설치했다.

“지금부터 사실대로 말하면 됩니다. 누가 시켰는지, 대가로 얼마를 약속했는지.”

“네?”

“간단한 거죠. 당신은 날 죽이는 데 실패해서 잡혔고, 자백한 거죠. 그러면 죄는 살인미수가 됩니다. 흑돌고래교도소에 갈 이유가 없지요.”

흑돌고래교도소는 말 그대로 최악의 흉악범만 갈 수 있다.

사람을 많이 죽이거나 죄 자체가 아주 악질인 경우 말이다.

그곳의 죄수들이 죽인 사람들의 숫자는 평균 다섯 명.

"하지만 당신은 살인미수일 뿐이지요."

그런 경우 일반 교도소에서 적당히 시간을 보내면 나오게 될 것이다.

"간단한 이야기 아닙니까?"

정신이 나가 있던 안토노프는 고개를 끄덕거렸다.

제대로 정신을 차릴 수 없는 상황에서 안토노프는 카메라를 보면서 입을 열었다.

"저는 안토노프라고 합니다."

노형진은 그 진술을 바탕으로 러시아 정부에 전환우를 고소했다.

형법의 적용 범위에는 속인주의와 속지주의가 있는데 이 경우는 속지주의, 즉 러시아 땅에서 범죄를 저질렀으니 러시아 측에서 처벌하는 것이 가능해진다.

노형진이 노린 게 바로 그거였다.

안토노프의 진술로 인해 전환우에게는 살인 교사의 혐의가 붙었다.

당연히 러시아는 외교 채널을 통해 대한민국에 전환우의

신병을 넘겨 달라고 요구했다.

다른 사람도 아니고 노형진이다.

그가 가진 경제적 힘을 생각하면 절대 다른 흔한 살인 사건처럼 처리할 수가 없었다.

당연히 노형진은 러시아 측에 강한 처벌을 요구했고, 러시아는 노형진에게 정치적인 제스처라도 보여 줘야 했다.

설사 그게 결과적으로 불가능하다고 해도 말이다.

—러시아에서 전환우 전 대통령의 신병을 넘겨 달라고 요구한 가운데, 정부에서는 난색을 표하고 있습니다. 이번 사건에 관해서는…….

—현실적으로 전환우 대통령을 러시아로 보낼 수는 없습니다. 아무리 전직 대통령이라고 해도 국가 기밀을 아는 국가수반이었고…….

—각계에서는 전환우의 암살 지시가 이번뿐이냐는 의혹이 나오고 있는 가운데…….

—전환우 전 대통령은 현재 어떠한 말도 하지 않고 있습니다.

노형진은 뉴스를 보면서 피식 웃었다.

전환우는 버릇대로 노형진을 죽여 사건을 무마하려고 했으나 그 결과는 그 자신이 조사당하는 처지가 되었다.

"확실히 해외에서 터지니 일이 커지는군."

송정한은 뉴스에서 연신 나오는 전환우의 살인 교사 사건을 보면서 조용히 중얼거렸다.

"한국에서 터졌다면 절대 이렇게 뉴스에 나가진 않았을 텐데 말이지."

"그럴 겁니다. 여전히 전환우 일파는 어마어마한 힘을 자랑하고 있으니까요."

심지어 일부에서는 전환우를 구국의 영웅으로 주장하기도 한다.

물론 완전 개소리다.

전환우는 국가를 발전시킨 게 아니라 발전하는 국가를 이용해서 자기 욕심을 채웠으니까.

"해외에 있는 전환우의 재산은 더 이상 가지고 오지 못하게 되었고."

투자로 전환우의 재산을 챙긴 노형진은 그동안 흘러가던 모든 계좌를 봉쇄했다.

그동안의 거래 계좌에 대한 기록이 회사에 그대로 남아 있기 때문에 그걸 추적해서 대한민국 정부에 알려 주는 건 어려운 일이 아니었다.

원래 계좌라는 것은 한번 꼬투리를 잡으면 계속 나오기 마련. 줄줄이 드러나는 전환우의 재산은 생각보다 많았다.

"전환우가 이번에는 살아 나올 수 있을까?"

송정한은 뉴스를 보면서 중얼거렸다.

"나이를 생각하면 확실하지 않지요."

애석하게도 전환우는 내란으로도 학살로도 제대로 처벌받

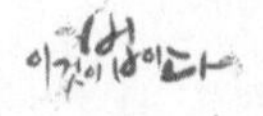

지 않았다.

사람들은 억울해했지만 현실이 그랬고, 그래서 전환우는 감춰진 돈으로 떵떵거리면서 잘살았다.

"하지만 이번 건은 힘들 겁니다. 제가 그냥 두지도 않을 거고요."

"자네가 압력을 행사할 생각인가?"

"당연히 그래야지요. 안 그러면 무슨 일이 벌어질지 아시지 않습니까?"

어떻게 해서든 죄를 부정하고 전환우를 풀어 주려고 하는 세력이 부패한 법원과 결탁해서 결국은 풀어 줄 것이다.

사실 증거라고 해 봐야 안토노프의 증언뿐이니까.

"러시아에는 못 갈 테니 결국 한국에서 재판해야 할 테지만, 그냥 두면 한국 법원은 안토노프의 증언을 인정하지 않을 겁니다."

지금까지 전환우의 범죄에 대한 증언이 단 하나도 없었던 것이 아니었다. 다만 그걸 인정받지 못했을 뿐.

실탄을 지급하고 장갑차를 투입하고 헬기로 기총 사격을 했는데 명령권자가 없다는 게 말이나 되겠는가?

하지만 재판부는 명확한 증거가 없다는 이유로 결국 전환우를 풀어 줬다.

그런데 이게 얼마나 어이없는 말이냐면, 설사 전환우가 발포 명령을 내리지 않았다고 해도 수십 일 동안 광주에서 학살이 일어났음을 감안하면 대통령인 그가 거기서 무슨 일이 벌어졌는지 모를 수가 없다는 것이다.

당연하게도 대통령은 권력을 가지고 국민을 보호해야 하는 자리에 있는 자인 만큼 당장 군부대를 해산시키고 발포 금지 명령을 내렸어야 했다.

하지만 전환우는 그렇게 하지 않았다.

그러곤 이제 와서 자신은 발포를 명령하지 않았다고 주장하고 있는 것이다.

"그런 거라면 엄밀하게 말하면 사후승인인데 말이지요."

사후승인. 쉽게 말해서 사건이 이미 벌어졌으나 그걸 막을 수 있음에도 불구하고 지속되도록 내버려 둔 것.

법리적으로 그러한 사후승인은 사실상 발포를 명령한 것과 같다고 보는 게 정상인데, 그 당시 판사들은 국민들이 법률적 지식이 부족하다는 것을 핑계 삼아 결국 전환우를 풀어줬다.

"이제는 그렇게 안 될 테니까요."

그동안 전환우가 싸운 사람은 힘이 없는 국민이었지만 이제부터 싸워야 하는 사람은 전 세계에서 가장 권력이 강한 사람들 중 한 명이다.

"그리고 정치인들은 똥줄이 타고 있겠지요."

결국 자금 세탁을 통해 감춘 돈이 하나씩 나올 테고, 그럴 때마다 노형진이 통째로 집어삼킬 테니까.

"과연 얼마나 감춰 놨을지 궁금하지 않으십니까?"

노형진이 재미있다는 듯 웃자, 송정한은 돈을 감춰 둔 부패한 정치인들이 왠지 불쌍하다는 생각을 했다.

가장 은밀한 살인마

“노 변호사님? 시간 좀 되십니까?”

한창 일을 하는 와중에 누군가 고개를 들이밀며 노형진을 찾았다.

노형진이 고개를 들어 보니 임진기가 서 있었다.

“임 변호사님? 이 시간에 어쩐 일이십니까? 요즘 바쁘지 않으세요?”

“바쁘죠. 엄청 바쁘죠. 하지만 그래도 와야 해서요.”

“네?”

노형진은 고개를 갸웃했다.

임진기는 법무 법인 하늘의 대표 변호사이자 한국에서는 의료사고 전문 변호사로 가장 잘나가는 사람이다.

의료 소송이라는 게 전문지식도 필요해서 워낙 이기기가 힘든데, 임진기는 의사 출신이라 유리하다 보니 전국에서 의뢰를 받기 때문이다.

그래서 그는 언제나 바빴다. 심지어 어떤 경우에는 노형진보다 바쁜 사람이 그였다.

“꼭 와야 했다고요?”

“네, 좀 이상한 게 있어서요.”

“이상한 거라고 하신다면?”

“저한테 의료사고 소송이 들어왔습니다.”

“그거야 특별할 게 없는 일 아닙니까?”

노형진은 고개를 갸웃했다.

애초에 임진기는 다른 소송은 받아들이지 않는다. 의료사고 소송만으로도 시간이 없기 때문이다.

“그거야 그렇지요. 하지만 같은 의사 건으로 세 번이라면 좀 문제가 있지요.”

“네? 허, 그 의사 누군지 모르지만 엄청 실력이 없네요. 피해 다녀야겠습니다.”

“웃을 일이 아닙니다. 사망자가 워낙 많아서요.”

노형진이 별일 아니라고 생각하며 웃자 임진기가 심각한 표정을 지었다.

임진기의 말에 노형진은 입가에서 웃음기를 거뒀다.

“사망자가 많다는 게 무슨 말입니까?”

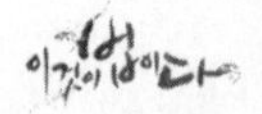

"그 사람이 담당한 환자 중에서 사망자가 스무 명이 넘습니다."

"네? 그 사람 전공이 뭔데요?"

"흉부외과입니다. 심장 전문의죠."

"심장 전문의라면 말이 안 되는 건 아닌데요."

한국에서 외과는 고생이 많은 곳 중 하나다.

특히나 흉부외과는 가장 기피하는 과 중 하나다.

그럴 수밖에 없는 게, 버는 돈에 비해 일 자체가 워낙 힘들기 때문이다.

그래서 일부 사명감 있는 사람들만 들어가는 곳이다.

실제로도 처음에 흉부외과에 지원했다가 나중에 다른 쪽으로 바꾸려는 사람도 적지 않다.

그러면 사실상 처음부터 다시 시작해야 하는데도 불구하고 그러는 건 흉부외과의 특성상 사망자가 많기 때문이다.

수술을 안 해도 죽고 수술에 실패해도 죽는다.

심장 이상으로 수술을 할 정도라면 이는 사실상 거의 유일한 해결책일 수밖에 없다.

그리고 그게 실패하거나 때가 늦었다면 환자는 사망한다.

"심장 전문의라면 거의 죽음과 같이해야 하는 거 아닙니까?"

"그건 그렇습니다만."

"거기다가 그쪽은 워낙 의료 소송이 많지 않습니까?"

흉부외과는 환자가 사망하는 경우가 많아서 어떤 사람들

은 억울한 나머지 고소와 고발을 통해 보복하려고 한다.

일부는 죽음을 빌미로 의사들에게서 돈을 뜯어내기 위해 그러는 놈들도 있다.

"심장 전문의라면 소송당해 보지 않은 게 이상한 일일 텐데요?"

대부분 의사의 승리로 끝나기는 하지만 소송 자체는 피하기가 거의 불가능에 가깝기에 심장 전문의를 포기하는 사람들이 적지 않다.

"그것도 그렇습니다만……."

임진기는 말을 하다 말고 눈을 살짝 찡그렸다.

그러곤 안으로 들어와서 노형진의 맞은편 의자에 앉았다.

"솔직하게 말씀드리면, 의료 기록 자체가 워낙 깔끔해서요. 세 번 싸웠지만 세 번 다 졌습니다."

"음…… 임 변호사님의 마음은 알겠습니다만 저도 어떻게 해 드릴 수가 없는데요."

지고 싶어서 지는 사람은 없다.

임진기가 져서 억울할 수는 있겠지만, 그렇다고 해서 노형진이 대신 사건을 뒤집어 줄 수는 없다.

더군다나 의료 소송의 전문성에 있어서는 임진기가 노형진보다 훨씬 실력이 좋다.

"물론 저도 알죠. 제가 의사였으니까. 그런데 기록을 보다 보니 꺼림칙한 부분이 있어서요."

“꺼림칙한 게 있다고요?”

“제가 세 건의 소송을 하지 않았습니까? 그런데 세 건 다 차트가 비슷하다는 느낌이 듭니다.”

“비슷하다니, 설마 차트 조작을 말씀하시는 건가요?”

실제로 의료사고가 나면 의사나 병원에서 가장 먼저 하는 것은 차트의 조작이다.

그래야 의료사고를 감출 수 있기 때문이다.

“아니요. 그게 아닙니다. 저도 바보가 아니죠.”

차트를 조작하면 다른 변호사야 모르겠지만 임진기는 안다.

“물론 제가 심장 전문의는 아니지만 그래도 나름 지식은 있으니까요.”

“그런데 뭐가 문제인 거죠?”

“마치 뭐랄까, 죽음을 예상하고 차트를 썼다? 그런 느낌입니다.”

“죽음을 예상하고 썼다고요?”

“네.”

노형진은 고개를 갸웃했다.

“그건 어렵지 않은 일 아닙니까? 의사가 신도 아니고.”

죽은 사람이나 그 가족들은 억울하고 슬프겠지만, 어떻게 해도 살릴 수 없는 사람은 존재한다.

이 세상에 완벽하게 공평한 게 있다면 그건 다름 아닌 죽음일 것이다.

늦든 빠르든 인간은 죽을 수밖에 없고, 실력이 좋은 의사라면 최선을 다하더라도 환자가 살지 못할 거라는 것쯤은 예상할 수 있다.

"그런 게 아닙니다. 아…… 이걸 뭐라고 해야 하나. 노 변호사님이 의사가 아니니 설명하기가 참 애매하네요."

"음, 그런가요?"

"음…… 이렇게 표현하면 나을까요? 특정 목적에 맞춰서 특정 사안을 연구하는, 그런 느낌입니다."

"목적에 맞춰서 연구한다고요?"

"네."

물론 그래서는 안 되지만 많은 학자들이 그런 식으로 답을 정해 두고 연구를 시작한다.

특히 기업의 상품이나 제품 등의 문제를 해결할 때 그런 방법을 많이 쓴다.

대표적인 예가 바로 원래 역사에서 일어난 자동 분사 방향제 사건이었다.

그 당시에 실험했던 사람들은 안전하다는 결과를 내기 위해 연구했고 그 연구를 기반으로 제품이 나왔는데, 결국 수백 명의 피해자를 발생시켰다.

이번 생에서는 노형진이 미리 그걸 막아서 그런 비극은 없었지만 말이다.

"기록을 보면 이 사람이 어째서 죽었는지, 그리고 왜 죽었

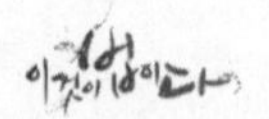

는지에 대해 서술한 느낌이랄까요."

쉽게 말해서 차트의 기록만 봐도 환자가 살 가능성이 거의 없다고 느껴진다는 것.

"그런데 다른 간호사들이 남긴 징후를 보면 그 정도는 아니거든요."

"네?"

차트는 의사가 쓰지만 간호사들은 환자의 상태나 기타 여러 가지를 남긴다.

"보통 차트와 거기에서 차이가 나지요."

"그러니까 의사의 차트에는 가능성이 별로 없다고 나오는데 간호사들의 기록에는 그 정도는 아니다?"

"맞습니다. 물론 환자의 상태가 조금씩 다르기는 하지만 이렇게 다르기는 힘들거든요."

노형진은 눈을 찡그렸다. 그건 자신도 몰랐던 이야기니까.

"일단 거기도 이상하고, 환자 측 이야기도 이상하고."

"어떤 면에서요?"

"의사가 처음에는 수술하지 않는 게 좋겠다고 말했다고 하더군요."

"그게 무슨 말입니까?"

"수술하는 건 상당히 위험하다고, 마음의 준비를 하고 집에 모시고 가라고 했답니다."

당연히 가족 입장에서는 받아들이기 힘든 말이다.

그래서 어떻게 해서든 수술을 해 달라고 의사에게 매달렸다.

"그리고 수술이 실패한 거죠."

"위험한 수술이라면서요? 위험한 수술은 의사들이 종종 그런다고 알고 있는데요."

수술해서 나아질 가능성도 있지만, 위험한 경우에는 수술하다가 사망할 가능성도 크니까.

"압니다. 하지만 제가 간호사들이 남긴 기록을 봤을 때는 그 정도로 위험하게 느껴지지 않았습니다."

"간호사들이 잘못 기록했을 가능성은요?"

"한두 건도 아닌데 그건 힘들죠."

심장 질환자들은 언제 심장이 멈출지 모르니 하루에도 몇 번씩 상황을 살펴야 한다.

그런데 그걸 다 잘못 본다?

그것도 한 간호사가 아니라 여러 간호사들이 돌아가면서 돌보는데?

"그래도 이런 경우는 의사들의 의견이 우선 아닌가요? 간호사님들이 전문성은 있지만 확인할 수 있는 지표에 한계가 있지 않습니까?"

간호사들이 환자들의 상태를 살필 수 있는 것은 혈압이나 산소 포화도, 그리고 동공의 반응 등이다.

하지만 의사들은 검사 기록과 엑스레이 그리고 CT와 MRI 등 여러 기록을 보고 판단할 수 있다.

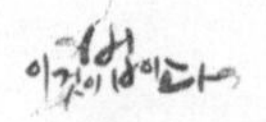

"그건 그렇습니다. 하지만 이 정도로 차이가 나기는 힘들어요. 그리고 제가 심장 전문의는 아니지만 CT를 보니 그 정도로 안 좋은 건 아니었습니다. 뭐, 사람마다 판단의 기준이 다르지만요."

어떤 의사가 봤을 때는 수술해야 하지만, 어떤 의사가 봤을 때는 그 정도는 아닐 수도 있다.

"단순히 간호사와 의사의 의견 차이를 말하는 건 아니신 것 같은데. 그러면 이게 뭐가 문제라는 건지요?"

질문을 받은 임진기는 잠깐 고민하다가 조심스럽게 말했다.

"사실은 이건 노 변호사님도 아셔야 할 것 같은데, 종종 잘나가던 의사가 팽당하는 경우가 있습니다."

"팽요?"

"네. 제가 아는 선배 중 한 분도 그런 식으로 팽당해서 결국 일반의에서 끝났습니다. 사실 그런 식으로 전문의가 못 되고 일반의가 되는 분들이 제법 많습니다."

노형진은 임진기의 말에 곰곰이 생각해 보았다.

팽당했다. 즉, 버려졌다는 건데, 그런 경우가 아주 흔하게 이루어질 것 같지는 않았으니까.

"그 선배란 분이 무슨 짓을 하셨는데요?"

"너무 양심적이었지요 그래서 교수님에게 반기를 들었습니다. 교수님이 의료사고를 냈거든요."

"아……."

"그리고 그 책임을 지지 않으려고 증거를 조작했어요. 하지만 그걸 용납하지 못했던 그 선배는, 증거를 몰래 피해자에게 내줬습니다."

물론 피해자는 이겨서 충분한 배상을 받을 수 있었지만, 그 대신에 그 선배는 대학 병원에서 쫓겨나 의사로서의 인생이 망가져 버렸다.

"그 선배도 몰래 준다고 줬지요. 하지만 대학 측에서 모든 기록을 다 조사했더군요."

내부 고발자를 찾기 위해 CCTV를 비롯해서 모든 기록을 뒤지고, 심지어 그날 근무자들을 전원 취조한 결과 발각되었던 것.

"의료계에는 사이코패스가 많습니다. 사실 의료계 시스템 자체가 사이코패스를 양성하는 과정처럼 느껴질 정도지요."

"네?"

갑자기 이야기가 다른 쪽으로 흘렀지만 노형진은 조용히 임진기를 바라보며 그의 말을 들었다.

"학생이 되면 교수들이 그럽니다. 너희는 우월하다, 남들과 다르다."

"우월해요?"

"그렇습니다. 웃긴 일이지요. 공부 좀 잘했다고, 우리보고 법 위에 서 있는 것처럼 행동하라 합니다. 실제로 그렇게 행동하는 경우도 많구요."

"뭐, 좀 그런 면이 있지요."

노형진은 고개를 끄덕이며 쓰게 웃었다.

그 또한 아주 잘 알고 있었기 때문이다.

실제로도 의대생이라고 하면 법원에서 솜방망이 처벌을 내리는 건 아주 유명한 일이다.

'그러고 보니 잊고 있었군.'

그는 의사들이 이권을 위해서라면 국민들의 목숨을 얼마나 하찮게 여길 수 있는지, 또 얼마나 이기적으로 행동할 수 있는지를 회귀 전에 목도한 적이 있다.

"천룡인이라 이거군요."

천룡인. 하늘이 내린 용의 혈족이라는 의미로, 소설에서 나온 단어다.

하지만 현실에 있어서 천룡인은 좀 다른 의미를 가진다.

누구도 손대지 못하는 고귀한 존재라는 식으로 말이다.

실제로 의사들 중에는 자신들이 천룡인이라 생각하는 사람들이 엄청나게 많다.

사람들이 의사를 존경하는 것은 그 힘든 공부를 하고 사람들의 목숨을 지켜 주기 때문이다.

하지만 어느 순간부터 의사들은 자신들이 사람의 목숨을 좌지우지할 수 있는 신적인 존재라고 생각했고, 그런 성향은 판사들과 똑같은 모습을 보이고 있었다.

"그런데 저한테 말씀하시려는 게 그건 아닐 테고."

노형진은 그렇게 말하며 임진기를 바라봤다.

"이건 제 억측입니다만……."

임진기는 침을 꿀꺽 삼켰다.

사실 그가 계속 의사였다면, 아니 그냥 흔해 빠진 변호사만 되었어도 아마 이런 가능성에 대해서는 전혀 생각해 보지 않았을 것이다.

하지만 새론에서 일하면서 많은 것을 배웠다.

그리고 결정적으로 이미 비슷한 사건이 있었다는 것이 문제였다.

요양 병원에서 사람을 대신 죽여 줬던 그 사건.

"만일 의사가 연쇄살인마라면 어떨까요?"

조용히 듣고 있던 노형진은 자신도 모르게 침을 꿀꺽 삼켰다.

"연쇄살인마요?"

"네. 충분히 가능합니다. 연쇄살인마들이 살인을 저지르는 이유는 다 다르다고는 하지만요."

누군가는 특정 이성에 대한 원한으로, 누군가는 사회에 대한 분노로, 누군가는 쾌락을 위해 살인을 저지른다.

"그중에는 상대방의 목숨을 내가 쥐고 있다는 데에서 쾌감을 느끼는 타입이 있다고 알고 있습니다."

"맞습니다. 전형적인 연쇄살인마들이지요. 그리고 보통 그런 놈들은 지능형……."

말을 하던 노형진은 눈을 찡그렸다.

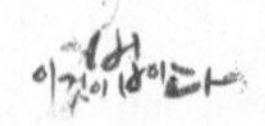

지능이 높다. 과연 의사를 빼고 그 말을 논할 수 있을까?

"현재의 대한민국에서는 의사의 살인을 막을 시스템이 없습니다."

의사 면허는 국가에서 준다.

하지만 현행법상 의사 면허를 국가에서 되찾아 갈 방법은 없다.

가령 산부인과 의사가 수백 건의 강간을 했다고 치자.

실제로 여성 환자에게 수면제를 놓은 상태에서 강간하는 의사들이 있다.

문제는, 그 의사가 수백 건, 아니 수천 건의 강간을 해도 정부에서는 그의 의사 면허를 박탈할 수가 없다.

현행법상 의사 면허의 박탈 자격이 아주 까다롭기 때문이다.

사실상 의료 행위 관련 범죄를 저지르지 않는 이상 의사의 면허는 취소가 불가능하다.

"그리고 아실지 모르지만, 취소된다고 해도 끝이 아닙니다."

"아, 그건 저도 알고 있습니다."

의사와 판사는 자기들끼리의 커넥션이 있다.

물론 평소에 서로 뭔가를 주고받는 사이인 것은 아니다.

하지만 자기들이 세상을 지배한다거나 자신들이 귀족이라는 생각을 많이 한다.

그래서인지 판사들은 의사들의 범죄에 대해 무척이나 관대한 편이다.

"면허가 취소되어도, 소송에 들어가면 99% 이상 돌려주지요. 의사 면허가 취소되면 의협에서부터 지랄을 시작하거든요."

노형진은 쓰게 웃었다.

그게 사실이다.

개인 범죄인데 왜 의협에서 지랄하나 싶겠지만, 의협은 하나의 권력 단체이기에, 의사 한 명의 범죄로 의사 면허가 취소되는 순간 다수의 의사 면허가 취소될 수도 있다는 가능성을 매우 민감하게 받아들이고 있기 때문이다.

"당연하다면 당연한 거죠. 결국 이권을 쥐고 있는 건 전공의 이상급의 교수진이니까요."

리베이트부터 대리 수술까지 모든 걸 마구 시킬 수 있는 의사는 높은 직위에 있는 사람들이다.

어떤 조직이든 큰 범죄는 상위에서 벌어지지 하위에서 벌어지지는 않는다.

그런데 한 명의 면허가 그렇게 취소되면 줄줄이 파고들어가서 취소될 수 있기에 의협을 꽉 잡고 있는 그들이 의사 면허 취소에 예민한 것이다.

'권력이란 그런 거지.'

매년 권력으로 어마어마한 돈을 챙기는 그들에게 있어서 면허 취소는 의협에서 퇴출됨과 동시에 그들이 망하는 걸 의미하니까.

"이번 사건도 그렇습니다. 일단 공식적으로는 의료사고에 해당된다고 판단되어 제게 왔습니다만…….”

임진기는 두려운 표정으로 말했다.

“이게 만일 살인이라면 어떨까요?”

“살인이라면, 걸리지 않는 완벽한 살인이 되겠군요.”

사람을 죽여도 아무도 모른다.

그리고 주변에서 어떻게 해서든 그를 지켜 주려고 할 것이기에 그로 인한 어떠한 문제도 발생하지 않을 것이다.

“한국의 의료사고는 피해자가 피해를 증명해야 합니다.”

이게 얼마나 말이 안 되느냐면, 의학 전문가가 아닌데 의학적으로 그 사실이 맞지 않다는 걸 증명해야 한다는 거다.

“그래서 저한테 그렇게 사건이 몰리는 거구요.”

아무리 변호사가 노력한다고 한들 의학은 법률만큼이나 끝없이 공부해야 하는 복잡한 학문이다.

당연히 변호사들이 그 수많은 가능성과 변수를 다 알 수는 없는데, 의사들도 그러한 의료사고에 대한 감수를 해 주지는 않는다.

완벽히 알 수 없기 때문인 것도 있지만 감수해 주다가는 의료계에서 퇴출당하기 때문이다.

“현실적으로 대한민국에서 의료사고로 인정될 가능성은 3% 이하입니다. 설사 저라고 해도 10% 이하죠.”

의사 출신인 임진기조차도 그 정도다.

그럴 수밖에 없는 게, 의사마다 전문적인 영역이 다르다.

뇌가 다르고 심장이 다르며 위나 뼈도 다르다.

당연히 어느 정도 기본적인 지식이야 있지만 그건 말 그대로 기본 중의 기본이다.

진짜 전문적인 영역으로 파고들기 시작하면 아무리 임진기라고 해도 공격에 한계가 있을 수밖에 없다.

"하물며 의료사고도 그 정도인데 제가 어떻게 살인을 증명하겠습니까?"

"……."

수술 중에 고의적으로 죽이는 거야 의학 지식을 가진 사람이라면 어렵지 않다.

대부분은 어쩔 수 없는 일이었을 거라며 넘어가고 아주 극히 일부 피해자들만 의료사고로 소송을 걸 테니, 그중에서 잘해 봐야 1%나 의료사고가 인정받을까?

"사람들이 의료사고야 의심해도 과연 살인까지 의심할까요?"

임진기가 소름이 돋는다는 표정으로 말하자 노형진은 말문이 막혔다.

"절대 드러나지 않겠군요."

중얼거리던 노형진은 덩달아 소름이 돋는 것을 느꼈다.

심지어 그 자신조차도 의사가 살인마일 가능성에 대해서는 전혀 생각해 보지 않았으니까.

"고정관념을 이용한 거죠. 하지만 의사라는 직업을 빼고 직업적인 부분에서 부당한 범죄를 저지르는 놈들은 엄청나게 많습니다. 모든 직업이 다 그런데, 의사라는 직업만 그렇게 순수할까요?"

"그럴 리가요."

노형진은 회귀했기에 의사들이 어떤 인간인지 누구보다 잘 안다.

이권을 위해서라면 다섯 살짜리 어린 백혈병 환자의 목숨에도 신경 쓰지 않는 게 그들이다.

물론 모든 의사들이 그런 건 아니다.

하지만 어딜 가나 극히 일부의 사이코패스들이 있는 법이다.

그들은 살려 달라는 환자의 말에 정부에 가서 따지라고 하며, 사람을 살리려고 몸부림치는 동료에게 린치를 가하고, 국가적 재난 상태에서 방역을 하느라 쓰러지기 직전인 동료 의사들과 간호사들을 빨갱이라면서 모욕했다.

그들이 원했던 것은 단 하나, 바로 이권이었다.

'어딜 가나 있는 미친놈이 의료업계에만 없으리라는 보장은 없지.'

심지어 헌신이 존재 그 자체인 소방관들 중에도 사이코패스는 존재한다.

승진하고 싶다고 직접 불을 지르고 사람을 구하는 놈도, 자기가 권하는 병원으로 가지 않겠다고 했다고 고의적으로 천천히 구급차를 몰아서 결국 사망하게 하는 놈도 있었다.

"하아."

노형진은 긴 한숨을 쉬었다. 이건 진짜 생각도 못 한 일이었으니까.

"정말 이번 사건이 살인이라고 생각하시는 겁니까?"

"솔직히 말하면요? 네, 그렇습니다. 만일 그놈이 살인자라면 지금까지 얼마나 많은 사람들을 죽였을지 가늠도 안 됩니다."

다른 것도 아닌 심장 전문의다. 수술을 할 정도면 사망 가능성을 감수할 수밖에 없는 분야.

실제로 수술에 들어가기 전 의사들은 그 부분에 대해 환자의 보호자들에게 몇 번이고 고지한다.

"제 경험상 의료사고로 고소하는 분들은 거의 없습니다. 아주 드물죠. 의사와 환자는 결국 믿음으로 연결될 수밖에 없는 구조니까요."

믿지 못하는 의사에게 가족의 치료를 맡기는 사람들은 없다.

그러니 대부분의 경우 수술 중에 사망하면 그냥 명이 다했다고 생각하고 가족의 죽음을 받아들인다.

삶과 죽음의 찰나가 스치고 지나가는 곳이 바로 병원이니까.

"설사 백 명을 죽였다고 해도 살인으로는 잡히지 않을 겁니다. 물론 이건 최악의 가정이지만요."

최악의 가정이다.

하지만 이 말이 사실이라면, 역사상 최악의 연쇄살인마일 수도 있다.

'그러고 보니 미국에서도 이런 경우는 없었잖아?'

의사가 연쇄살인마로 드러난 사건은 역사상 단 한 번도 없었다.

그런데 생각해 보면 간호사가 연쇄살인마인 경우는 있었다.

오죽하면 죽음의 천사라는, 그 사건을 뜻하는 일종의 은어조차 있을 정도였다.

"히포크라테스가 대성통곡할 만한 사건이네요."

노형진은 긴 한숨을 쉬었다.

이 사건을 알아볼 사람은 자신뿐이라는 걸 직감할 수밖에 없었다.

'누구도 살인마의 생각을 읽어 내지는 못하니까.'

단 한 사람, 그 자신만 빼고 말이다.

"저를 찾아오셨다고요?"

"이번에 심상섭 환자의 사건을 담당하게 된 노형진이라고 합니다."

상임대학병원의 심장 전문의 자우신.

그가 임진기가 의심하는 사람이었다.

"하아, 변호사님. 뭐, 이제는 너무 많이 당해서 씁쓸하기만 하네요."

자우신은 쓰게 웃으면서 노형진에게 자리를 권했다.

"그럴 만합니다. 의료 소송이 엄청 많으시더군요."

"심장 전문의니까요. 사람 목숨을 걸고 하는 일인데 어쩌겠습니까? 유가족의 마음을 모르는 것도 아니고요. 누군가에게 책임을 묻고 싶은 것이겠지요."

"저도 어느 정도는 동의합니다만, 그래도 다른 분들에 비하면 사망자가 좀 많은 편이라는 소문이 있던데."

임진기는 스무 명 이상이라고 했지만 그건 어디까지나 법원에 기록이 남아 있는, 즉 의료 과실 소송이 걸린 사람들 기준인 거고, 병원에서는 사망한 환자의 수를 공식적으로 밝히지 않는다.

"당연한 거죠. 제가 심장학회 교수입니다. 쉬운 수술이라면 저한테 안 옵니다. 진짜 어쩔 수 없는 최후의 수술만 저한테 오지요. 노 변호사님이라면 아실 텐데요?"

'나에 대해 조사했군.'

사실 틀린 말은 아니다. 노형진에게도 어려운 사건만 오지 쉬운 사건은 웬만하면 오지 않으니까.

교수급의 실력이라면 아무래도 힘든 수술이 더 많이 올 수밖에 없다.

"그렇다고 제가 거절할 수는 없지 않습니까? 사람 목숨이 달린 일인데."

자우신은 쓰게 웃었다.

"뭐, 노 변호사님께 불만 같은 건 없습니다. 워낙 자주 소송이 들어와서 그러려니 하면서 넘어가는 수밖에 없으니까요. 변호사님들도 자신의 일을 하는 거고."

"그러면 의료사고는 없다고 말씀하시는 거군요."

"차트에서 보셨을 텐데요. 애초에 성공 가능성이 그다지 높은 수술이 아니었습니다."

이런 소송이 한두 번이 아닌 것이 사실인 듯, 자우신은 아주 담담하게 말했다.

"환자의 나이가 오십이 넘었습니다. 술과 담배도 하셨고요."

"그래도 환자가 수술에 대비해서 여러 준비를 하신 걸로 알고 있습니다만."

"누구나 그렇습니다. 하지만 운명이라는 것은 거스를 수 없는 거지요."

자우신은 그렇게 말하면서 노형진을 똑바로 바라보았다.

"그렇게 생각하지 않으십니까?"

"글쎄요. 어떤 운명은 거스를 수 있더군요."

"그러면 그 또한 운명이었던 게지요."

사람 좋은 미소를 짓는 자우신.

노형진은 그의 기억을 읽을 기회를 노렸지만 그는 자신의 의자에 기대어 이쪽으로 다가오지도 않았다.

'내가 다가갈 수도 없고……. 언젠가는 기회가 되겠지.'

결국 노형진은 일단 이 자리를 벗어나기로 했다.

"그러면 나중에 뵙도록 하지요."

"안타깝기는 하지만 서로 감정 소모는 하지 않았으면 좋겠습니다. 소송해도 결국 언제나 결과는 똑같으니까요."

차트를 기반으로 해서 결국 자신이 이길 거라고 이야기하는 자우신.

'그러겠지.'

만일 살인이 목적이었다면 애초에 차트를 그렇게 썼을 것이다.

그리고 그 차트가 증거가 되어 그의 무죄를 증명할 것이고.

'이것도 참 어이가 없네.'

노형진은 고개를 흔들면서 밖으로 나왔다.

그리고 그곳에서 자신을 노려보는 차가운 시선들을 마주했다.

"뭐야? 또 변호사야?"

"지겨운 새끼들."

"아주 그냥 교수님을 뜯어먹지 못해서 안달이 났네."

아마도 자우신의 제자인 듯한 그들은 아주 대놓고 노형진이 들으라는 듯 떠들었다.

"목숨을 살려 줘도 은혜도 모르는 새끼들이라니까."

"개돼지들이 그렇지, 뭐."

"너희도 몸 사려라. 여차하면 고소 들어온다. 그 사람들

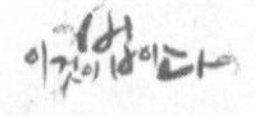

목숨보다는 우리가 우선이야. 증거 다 챙겨 놔."

노형진은 그 말을 들으면서 진심으로 심각하게 고민할 수 밖에 없었다.

⚖

"뭐라고? 의사를 하나 스카우트하고 싶다고?"

"행동만 그렇게 해 주시면 됩니다."

"그걸 굳이 내가 나서야 하는 이유가 뭔가? 내 심장은 멀쩡하네만. 그리고 우리 병원의 의사 실력이 얼마나 좋은데."

"알고 있습니다."

노형진은 유민택에게 찾아가서 대룡병원으로 자우신을 스카우트해 달라고 했다.

유민택은 어느 정도 사업이 안정된 후로는 무리한 확장보다는 내실을 다지는 걸 선택했다.

사실 성화나 대동과 싸우면서 흡수한 그들의 기업이 워낙 많아서 전부 정리하고 다지는 시기가 필수적이기도 했다.

"안 그래도 바빠 죽겠는데 고작 의사 하나를 스카우트해 달라는 건가?"

"정확하게는 그렇게 해서 정보를 좀 얻어 달라는 겁니다."

"정보?"

"사실은 의심스러운 부분이 있습니다."

"의심스러운 부분이라면……?"

"연쇄살인마가 아닐까 하는……."

"뭐야?"

유민택은 말도 안 된다는 표정이었지만 조금 설명을 듣고는 이내 납득한 듯했다.

"하긴, 세상에 미친놈들이 워낙 많아야지. 의사들 중에는 미친놈이 없으리라는 법은 없지."

설사 모든 것을 가진 유민택이라고 할지라도 수술실에 들어가면 얄짤 없이 목숨을 의사에게 맡겨야 한다.

그러니 의사에 대한 믿음은 중요한 문제일 수밖에 없다.

"물론 저도 관련 자료를 얻고 싶습니다만, 그쪽 병원에서 줄 리가 없으니까요."

"그렇다고 해서 우리가 달라고 하면 줄까?"

스카우트는 개인적인 이직인 거지 무슨 스포츠 스타가 하는 이적이 아니다.

당연히 그 관련 자료를 달라고 한다고 줄 리가 없다.

하지만 노형진은 생각이 달랐다.

"그래서 더 줄 겁니다."

"그래서 더 준다고?"

"대룡종합병원과 상임대학병원은 차이가 크지 않습니까?"

상임대학병원이 나쁜 병원은 아니지만 대룡종합병원과 비교할 수준은 아니다.

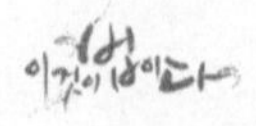

일단 의사들의 연봉 차이가 두 배 이상 나고, 간호사들의 연봉 차이도 한 배 반 이상 난다.

"당연히 의사는 대룡종합병원을 선호하지요. 하지만 상임대학병원에서는 그를 보내고 싶어 하지 않을 겁니다."

대학교수급 의사의 이직은 생각보다 큰 문제다.

그 사람이 이직하는 경우 그를 따라가는 환자들이 많으니까.

"아까도 말씀드렸다시피 결국 의사와 환자의 관계는 믿음으로 이루어져야 합니다."

"아하! 그렇군. 다른 것도 아닌 심장병이라면 관계가 더 돈독하겠지."

자신의 상태를 아는 의사가 더 좋은 병원으로 간 걸 알면 대부분의 환자들은 그곳으로 옮겨 가기 마련이다.

물론 새로운 교수가 들어와서 계속 진료를 하겠지만, 현실적으로 새로운 교수가 그러한 신뢰 관계를 쌓아 올리기까지는 상당한 시간이 걸린다.

"더군다나 자우신은 그래도 심장 쪽에서는 나름 유명한 사람이더군요. 그러니 상임대학병원은 그를 보내 주지 않으려고 할 겁니다."

"그러니 자료를 줄 거다?"

"안 좋은 자료 위주로 주겠지요."

가령 알려지지 않은 수술 중 사망 숫자, 그리고 역대 의료사고 소송 숫자 등등.

"아, 그러니까 교수 측과 접촉하지 말고 병원 측과 접촉하라 이거군."

"맞습니다. 그러면 자료가 나오겠지요."

"하지만 그걸로 그가 살인자라는 게 증명되는 건가?"

"모르지요. 하지만 일단 자료를 봐야 판단도 가능할 거라 생각합니다. 패턴이 있을 테니까요."

"패턴?"

"연쇄살인은 일종의 정신병과도 비슷합니다. 정해진 루틴이 있지요."

일정 기간이라든가 일정 상황이라든가 하는 루틴.

그 루틴에 따라 살인이 벌어진다.

"연쇄살인의 프로파일의 기본입니다."

완벽하게 다른 사건만으로 살인하는 연쇄살인범은 없다.

선호하는 살인 방법이나 시기 등은 조절할 수 없는 일종의 본능이다.

"의사로서 살인한다고 해도 그런 건 조절할 수 없지요."

노형진의 말에 유민택은 턱을 문질렀다.

"그런 건 어려운 일이 아니군. 하지만 그래도 공짜는 곤란해."

"공짜로 해 달라고 할 생각은 없습니다만. 그런데 무슨 문제가 있으신가요? 내실을 다진다고 하지 않으셨습니까? 두한 쪽은 이제 문제가 안 될 텐데요."

두한은 성화와 같은 과정을 밟으며 착실하게 무너지고 있다.

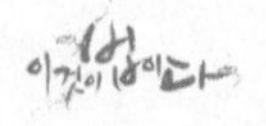

무너지기 시작한 두한에 다른 기업들이 이빨을 드러내서 그들은 버티기에 급급한 상황이다.

그걸 알기에 대룡이 그들에게서 신경을 끈 것이다.

사실 성화와 다르게 개인적인 원한이 있는 것도 아니었고, 두한에서도 멍청하게 지금 대룡을 공격하지는 않을 테니까.

"우리 대룡을 공격하지는 않지. 하지만 이상한 소문이 돌더군. 이게 사실이라면 선을 넘어도 너무 많이 넘은 거야."

"선을 넘는다? 정말 뭔가 있긴 하군요."

노형진은 눈을 찡그렸다.

그가 알기로는 두한은 과거의 성세를 절대 되찾지 못하고 있다.

그들이 키웠던 장학생들은 대부분 모가지가 날아갔다.

물론 정치인들이 여전히 남아 있지만, 과거에 비해 검찰과 법원이 깨끗해지고 감시가 심해지자 그들이 편의를 봐주는 데에도 한계가 있었다.

"뭐, 확실한 건 아니라네. 그래서 말은 못 하겠군. 하지만 확실해지면, 싸워야지."

노형진은 유민택을 물끄러미 바라보았다.

그가 아무리 괜찮은 사람이라고 해도 결국은 대기업 총수다. 쓸데없이 다른 기업과 싸우려고 하지는 않는다.

더군다나 지금은 내실을 채우는 단계.

그럼에도 불구하고 싸우려고 한다는 건, 생각보다 일이 커진다는 의미다.

"알겠습니다. 뭐, 두한과는 언젠가는 결판 지어야 할 문제도 있으니까요. 그러면 일단은 병원 쪽부터 부탁드립니다."

"알겠네."

유민택은 고개를 끄덕거렸고, 사건의 흐름은 전혀 새로운 곳으로 가기 시작했다.

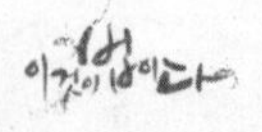

자칭 천룡인들

아니나 다를까, 병원 쪽에서는 주로 안 좋은 쪽 자료를 대룡에 보냈다.

어떻게 해서든 자우신을 지키기 위해서였다.

만일 대룡에서 오라고 하면 자우신은 옮겨 갈 게 뻔하니까.

"한 해에 평균 서른 명이 죽는군."

노형진은 기록을 보면서 혀를 끌끌 찼다.

한 해에 평균 서른 명. 엄청나게 죽어 나가는 거다.

하지만 심장 전문의라는 부분을 감안해야 한다.

"이 정도면 진짜 멘탈이 강한 거 아니면 연쇄살인마인가 본데?"

노형진의 부탁으로 이번 사건에 끼어들게 된 오광훈은 기록을 살피며 말했다.

"보면 아니?"

"아니, 모르지. 하지만 서른 명이라면서? 그러면 뭐야, 한 달에 최소한 두세 명이 죽는다는 거잖아. 이게 아직까지 안 걸렸다고?"

"의사라는 부분도 있고 심장의라는 것도 있고."

노형진은 차분하게 서류를 넘기면서 말했다.

"일단 심장 때문에 병원으로 들어오면 심장 전문의가 배정돼. 그 상황에서 심장마비라도 오면 결국 그 전문의 아래에서 죽은 게 되는 거지."

"뭐? 그게 무슨 소리야?"

"말 그대로 이게 다 죽인 건 아니라는 거야. 수술 중에 죽은 사람이 중요한 거지."

가령 누군가 응급실에 가슴 통증으로 와서 전문의로 자우신이 배정되었는데 갑자기 심장마비로 사망하면?

자우신은 그를 보지도 못했는데 기록에는 담당의가 되는 것이다.

"어찌 되었건 대학 병원이야. 심장마비 같은 건 생각보다 흔한 일이고. 그나마 교수니까 이 정도지, 레지던트 같은 경우는 사망자가 이보다 더 많을지도 몰라."

심장 이상은 작은 병원에서 처리할 수 없으니 구급차는 당연히 큰 병원으로 가게 되는데, 그 과정에서 환자가 사망하는 경우도 많다.

"의사들 중에 물론 미친놈도 있지. 하지만 헌신하는 분들도 많이 계셔. 네가 말한 것처럼 누군가의 죽음을 매해 수십 명씩 보면서 버틴다는 게 쉬운 건 아니지."

당연히 사람은 피폐해지고 심리적으로 불안정해진다.

"당연히 그런 쪽은 비인기 학과가 될 수밖에 없지."

언제 자기 환자가 죽을지 모른다는 두려움, 그리고 무너지는 가족을 봐야 하는 슬픔.

심장마비의 경우는 다른 죽음과 다르게 마음의 준비가 안 된 상황에서 벌어지는 일이기 때문에 가족들은 더 슬퍼한다.

"그래서 나중에 다른 과로 바꾸는 사람들도 많아."

노형진은 자료를 넘기며 말했다.

"그래서 더 문제인 거고."

오광훈의 말대로 진짜 강한 신념과 사명감을 가지고 있거나, 사람들에게 공감하지 못하게 되는 것이다.

'문제는 대부분의 경우 후자가 된다는 거지.'

전자라면 좋겠지만 대부분은 무뎌져서 환자를 내 일이 아닌 것처럼 돌보게 된다.

변호사들 역시 마찬가지의 과정을 거치면서 무디어지니까.

"하지만 살인은 전혀 다른 문제잖아."

"그래, 그게 문제야."

사실 무디어지는 것은 의사 개인으로서는 비극이지만 또

한편으로는 필요한 일이기도 하다.

수술을 할 때마다 매번 감정적으로 흔들리면 절대로 좋은 결과를 기대하기 힘들기 때문이다.

"하지만 살인이면 이야기가 다르지."

사고가 아니라 말 그대로 죽이기 위한 목적.

'기억을 읽었으면 좋았을 텐데.'

하지만 자우신은 노형진에게 가까이 오지도, 테이블에 손을 올리지도 않았다.

그저 소파에 기대서 노형진을 바라볼 뿐이었다.

그렇다고 해서 강제로 접근하자니, 다른 자들과 다르게 명망이 있는 교수다.

그런 사람에게 강제로 터치하는 건 여러모로 불리할 수밖에 없다.

"그냥 데려다가 살인으로 조져 버리면 안 되나?"

"증명도 안 된 걸 가지고 뭔 수로? 그랬다가는 아무리 너라고 해도 욕을 바가지로 먹을걸."

"아니, 검사가 살인을 조사하는 게 그렇게 큰 문제야?"

"상대방이 의사잖아. 그다음에 나올 말은 뻔한 거 아니야?"

의료 소송을 살인으로 엮으면 누가 마음 놓고 진료를 할 수 있겠냐는 성명이 나올 테고, 당연히 의사 집단에서는 반발하며 파업 등의 방식으로 정치적 압력을 행사하려고 할 게 뻔하다.

"그리고 누차 말하지만, 이미지는 둘 다 안 좋지만 더 안 좋은 쪽은 검찰이라고."

최소한 의사는 사람 목숨을 구하기라도 했지만, 검찰은 그동안 온갖 삽질을 해 왔다.

"더군다나 네가 의학적 지식이 있는 것도 아니잖아. 살인이라는 걸 어떻게 증명할래? 이미 사망자들은 대부분 화장했을 텐데."

설사 매장했다고 해도 시간이 지난 이상 대부분 부패해서 부검이 불가능할 것이다.

"그리고 상대방은 의사라고. 티 나지 않게 죽게 하는 방법이 없겠어?"

"아으…… 머리야."

오광훈은 머리를 부여잡았다.

노형진은 계속 서류를 뒤적거렸다.

"이런 사건은 아무래도 쉬울 수가 없지."

"뭐야? 그러면 이 새끼가 연쇄살인마라는 건 어떻게 증명할 건데?"

"그게 문제야. 아마도 시간이나 스타일을 선호하는 것 같은데."

수술 중 살인이라면 살인의 방식을 선택할 수가 없다.

당연히 그런 타입의 살인자는 아니다.

결국 남은 것은 스타일 아니면 시간.

"문제는 사망자가 워낙 많다는 거란 말이지."

"여자를 노리는 거 아닐까? 특정 스타일에 집착하는 놈들은 그런 경우 많잖아."

"너도 많이 공부했나 보네. 하지만 이런 경우는 무리지 싶은데."

심장병이라는 건 타고나는 경우도 있지만 신체가 약해져서 발병해 수술해야 하는 경우도 많다. 당연하게도 후자는 특성상 나이를 어느 정도 먹은 사람일 수밖에 없다.

"네가 말하는 대로 여성을 노리는 스타일의 피해자들은 보통은 성적인 의미가 많이 들어가지."

"그러면 시간을 정하는 거라는 거야?"

"그게 문제야. 시간을 정한다고 해서 또 굳이 그 시간에 아무나 죽이는 건 아니거든."

"뭔 소리야?"

"스타일이 제일이라는 거지."

사람을 정해진 시간에 죽여야 한다는 강박관념을 어떻게 증명할 수는 없다.

일단 그 시간에 수술 환자가 있을지도 불명한 데다, 설사 그렇다고 해도 정해진 날짜와 정해진 시간에 하는 수술에서 매번 사망자가 나온다면 누구나 이상하게 생각할 수밖에 없기 때문이다.

"뭐야, 그러면? 남은 게 없잖아."

"아니야. 스타일이 남지."

"그건 아니라며?"

"성적인 의미가 아니라는 거야. 너는 여자라고 했잖아. 그게 아니라는 거지."

"여자가 아니라고?"

"그래. 성적인 착취를 목적으로 하는 살인이라면 그런 건 가능해. 사실 그런 살인이 많기도 하고."

아마도 연쇄살인을 분류한다면 절반 정도는 그런 살인일 가능성이 크다.

"하지만 스타일이지만 성적인 게 아니라 자기 세계관의 투영이라면 또 모르지."

"자기 세계관의 투영?"

"누군가에게 학대받았다, 그래서 비슷한 스타일의 사람을 싫어한다."

"아하! 확 와닿네. 확실히 그런 스타일이 있지!"

예를 들면 붉은 머리 여성에게 가혹할 정도로 차인 미친놈은 연쇄살인을 할 때 붉은 머리를 자신을 찬 여성으로 투영해서 죽인다고 볼 수 있다.

"하지만 역시 사망 기록을 보면 특정할 수가 없어."

한 달 평균 두세 명이 죽는데, 그 안에서 살인을 걸러 낼 수가 없었다.

"그러면 과거를 보는 게 우선이겠네."

"과거라……. 참 독특한 접근이네. 주변에서 보면 죄다 현재만 매달리는데."

"원인은 다양하니까."

"그런데 그래도 너무 폭넓은 거 아니야? 솔직히 그렇잖아. 과거 수십 년의 삶에서 살인까지 하게 될 정도로 충격적인 기억이 얼마나 되겠냐고. 그걸 다 찾아다닐 수는 없지 않아? 뭐, 그게 다 CCTV 영상으로 남아 있는 것도 아니고."

"그건 그렇지."

노형진은 턱을 문질렀다.

"하지만 기본은 역시 학교에서 시작되는 것 아니겠어?"

⚖

노형진은 자우신이 나온 중고등학교를 찾아갔다.

그리고 그에 대해 아는 사람을 찾아보기 시작했다.

하지만 그에 대해 기억하는 사람은 아무도 없었다.

'하긴, 대학 교수를 할 정도이니.'

힘도 힘이고, 나이가 그 정도 되면 주변에 그에 대해 잘 아는 사람이 남아 있을 가능성은 그다지 크지 않다.

선생님들이야 다 그만두거나 죽었을 테고 말이다.

'생활기록부는 보지도 못할 테고.'

아무리 검사인 오광훈과 같이 움직인다고 해도, 요즘은 다들 법에 대한 지식이 늘어서 영장이 없으면 그런 서류를 잘 보여 주지 않는다.

노형진도 제대로 된 해결책을 찾지 못하는 그 상황.

해결책은 의외로 오광훈에게서 나왔다.

"부모가 문제 아니야?"

"뭐?"

"부모가 문제 아니냐고."

"뜬금없이?"

"아니, 네가 그랬잖아. 뭔가 학대당하거나 해서 그런 유의 사람들을 증오해서 하는 살인일 가능성이 크다고."

"그래, 맞아."

"그런데 여자는 아니라며?"

"아니, 그럴 가능성이 높다는 거지. 정상적으로 결혼했으니까."

심지어 슬하에 자녀가 세 명이나 있다.

만일 여성을 대하는 데 문제가 있다면 그렇게 멀쩡하게 결혼해서 자녀를 두는 게 쉽지 않다.

실제로도 자녀들에게는 문제가 없어 보였고 말이다.

"그러니까 남은 건 선생 아니면 부모잖아."

"부모라고? 하지만 자식을 의사로 만들 정도라면 능력 있는 부모인 것 같은데."

"능력 있는 부모라고 해서 무조건 좋은 부모는 아닌 거지."

노형진은 순간 말문이 막혔다. 그 부분은 생각해 보지 않았으니까.

사실 노형진은 회귀 전에도 좋은 부모가 될 기회가 없었다.

아이들이 어릴 때 이미 남의 자식으로 드러났고, 그래서 이혼했으니까.

"맞는 말이네. 내가 왜 그 생각을 못 했지? 넌 어떻게 안 거야?"

"뭐, 이쪽 바닥. 아니지, 이제는 저쪽 바닥이구나. 하여간 거기에 찌질하게 가난하고 못사는 새끼들만 오는 건 아니거든. 룸 아가씨 중에 그런 애가 있었어. 부모가 워낙 들들 볶아서 아예 삐딱하게 나가 버린 그런 타입."

"들들 볶았다라……."

"부모가 재경부 고위 공직자였던가?"

재경부 고위 공직자면 가진 힘은 어마어마하다.

일반적으로 생각한다면 그런 힘을 가진 사람의 자녀가 엇나간다는 건 말도 안 되어 보이지만, 오광훈의 말대로 높은 지위가 좋은 부모임을 증명하는 것은 아니었다.

"나중에야 알았지만 우리 술집에 온 이유도 겁나 황당했지."

"뭐였는데?"

"우리 술집에 거기 공무원들이 접대받으러 많이 왔거든."

"뭐라고? 설마……?"

"맞아. 2차 나갔지."

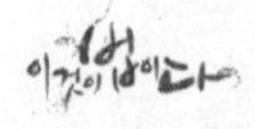

자기 부하들과 2차를 나가는 딸이라니.

이건 대놓고 부모에게 엿 먹인 것이다.

"그렇게 나가서 전화번호를 받아 두고 나중에 폭탄을 돌렸어, 나 누구 딸내미라고."

"와, 미친! 그래서? 완전 스펙터클하네."

"나도 몰랐으니까 기겁했다. 하여간 재경부 내에서 소문이 파다하게 퍼져서 결국 부모가 쪽팔려서 그만두고 어디로 가는 걸로 끝났어. 걔도 연 끊고 산다고 가게 그만뒀고."

"그런데 왜 그렇게 된 거래?"

"공부지, 뭐."

어깨를 으쓱하는 오광훈.

"나도 자세한 건 못 들었지만 대충 이야기를 들어 보니 성적 가지고 사람 취급도 안 했다더라."

부모가 전교 1등이었다고 해서 자식도 전교 1등이라는 법은 없다.

공부를 잘할 확률이 높아지는 거지, 그게 확실하게 유전되지는 않는다.

"무슨 상황인지 알겠네."

어떻게 보면 공부 역시 재능의 영역이다.

한국 사람들은 그걸 이해하지 않으려고 하지만, 실제로도 아무리 노력해도 재능은 못 따라간다.

대표적인 예가 바로 모 거대 기업의 창업자다.

지금은 미국을 꽉 잡고 있는 거대 기업이지만 사실 그는 물리학도였다.

프리스턴대학의 물리학과에 들어갔지만 다른 수많은 천재들 사이에서의 괴리감과 실력 부족을 이겨 내지 못하고 학교를 중퇴하고 만든 게 바로 그 기업이었다.

실제로 그런 천재들의 일화는 많아서, 지각한 학생이 벽에 써 둔 문제를 숙제인 줄 알고 풀어 갔는데 나중에 알고 보니 교수가 예시용으로 써 둔 그 당시의 미해결 논제였던 경우도 있다.

그만큼 공부도 재능의 영역이다.

"그런데 그걸 이해하지 않으려고 하는 사람들이 있지."

노력하면 된다, 노력이 부족하다.

'노오오력!'이라는 말로 모든 게 해결된다고 생각하는 사람들.

그게 선을 넘으면 자식은 반기를 들게 되고, 때때로 본인의 인생을 망치는 것으로 부모에게 복수하려고 한다.

아마도 그 아가씨 역시 그런 복수를 노렸으리라.

"자우신 역시 그럴 거라는 거야?"

"아니, 기록을 보다 보니까 대부분의 사망자들이 남자더라고."

"그건 의학적으로도 그럴 가능성이 더 높기는 한데……. 하긴, 이렇게 철저하게 숨겼는데 그 확률에 못 숨겼겠어?"

만일 학대한 당사자가 오광훈의 말대로 부모, 그중에서도

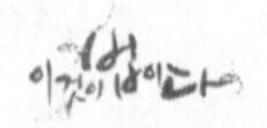

아버지라면? 그래서 그런 사람들을 증오한다면?

'남자가 아무래도 심장 질환 발생 확률이 높긴 해.'

남자들이 여자들보다 음주 확률이나 노동강도가 높은 경우가 많기에 자연스러운 현상이다.

"그럼 그 아버지에 대해 찾아보는 게 우선 아니야?"

오광훈의 말에 노형진은 고개를 끄덕거렸다.

자우신의 생활기록부를 보는 것은 불가능하지만 검사로서 한 사람의 가족 관계를 확인하는 것은 불가능한 영역은 아니다.

개인 정보인 학적 기록과 다르게 가족 관계는 인지 수사에서 충분히 볼 수 있는 영역.

"그러면 가서 바로 확인해 보자, 과연 어떤 사람인지."

노형진은 어쩐지 이번 일은 오광훈이 맞을 것 같다는 생각이 들었다.

"아니, 아버지가 자광호 박사라고?"

노형진은 기록을 보면서 어이가 없었다.

자광호 박사. 한국에서는 유명한 사람이다.

"유명한 사람이야?"

"유명한 사람이지. 한국에서 처음으로 심장이식 수술을 성공한 사람이니까."

한국에서 최초로 심장이식이 성공한 것은 1992년이었다.

그리고 그걸 성공한 사람이 바로 자광호 박사.

"그 덕분에 기록이 많이 남아 있기는 하네."

그는 완벽주의자였고 좋은 의사였다.

그 자신이 사람의 목숨을 관리한다는 걸 알고 있었고, 그 때문에 중압감도 많이 받았다고 나중에 이야기하기도 했다.

"그리고 다행히 그분 제자들이 아직도 의료계에 계시지."

그는 유명한 사람이었고 동시에 대학의 교수였기에 그를 기억하는 사람들은 적지 않았다.

다행히도 대룡병원의 심장 전문의 역시 그의 제자 중 하나였기에 노형진은 자우신 모르게 그에 대해 들을 수 있었다.

"자광호 교수님 말인가?"

"네. 어떤 분이셨나요?"

"칼 같은 분이셨지. 혹독하고 잔인하다고 할 정도로 무서운 분이셨어."

"사이코패스라는 말씀이신가요?"

노형진은 혹시나 자우신의 그런 성향이 유전이 아닐까 하는 생각을 했다.

하지만 유전은 아니었다.

"아니, 사이코패스 같은 게 아니었어. 도리어 멘탈이 엄청나게 약하셨지."

"네?"

이건 진짜 상상도 못 한 말이었다.

"멘탈이 약했다고요?"

"그래. 완벽주의자 성향도 결국은 자기 환자가 잘못될까 봐 그러는 거였고. 실제로 완벽하지 않으면 사람이 죽어 가는 게 심장 전문의 쪽 아닌가."

"그건 그렇지요."

"내가 비화 하나 이야기해 줄까?"

"뭔가 있습니까?"

"자 교수님은 한국에서 처음으로 심장이식 수술을 성공하신 분이지. 그런데 그 이전에는 왜 심장이식 수술이 없었는지 아나?"

"음, 기술 부족 아닌가요?"

"그런 것도 있지만, 하려고 하는 의사가 없었다네."

심장이식 수술은 어마어마한 부담을 가질 수밖에 없는 일이었다.

일단 기증자의 경우는 사망자일 수밖에 없기에 기증자의 심장을 떼어 내는 것은 어려운 일이 아니다.

문제는 살아 있는 사람의 심장을 떼어 내는 것이다.

"인터넷 우스갯소리로, 엔진 시동을 걸고 수리해야 한다고 하지? 틀린 말이 아니야."

물론 심장을 대신하는 기계로 대체하고 수술하기는 하지만 그렇다고 해서 난이도가 떨어지는 것은 아니었다.

심장이식 수술은 말 그대로 의료 군단이 행해야 한다.

최고의 실력을 가진 사람들이 모여서 하는 거고, 그중 단 한 명이라도 실수하면 환자는 돌아올 수 없는 강을 건너게 된다.

"그 이전에는 누구도 심장이식 수술을 하지 않으려고 했다네. 아차 하면 환자가 죽으니까."

더군다나 기증한 사람이 있다고 해도 천년만년 기다릴 수는 없는 노릇이다.

기증자가 사망하면 정해진 시간 내에 의사들이 팀을 구성하고 바로 수술에 들어가야 한다.

사전에 응했던 의사가 있다고 해도 마음이 바뀔 수도 있고, 설사 아니라고 해도 다른 수술 등으로 지쳐서 수술에 들어가지 못할 수도 있다.

"그렇다고 의사들이 모여서 심장이 나오기만 계속 기다릴 수도 없는 노릇이지."

더군다나 그 시대는 사망자의 유해를 기증하는 것을 사망자에 대한 모독으로 받아들이는 관념이 강했다.

"그때 기증자가 갑자기 나타났는데 정작 의사가 없었지."

"설마?"

"그래, 자광호 교수님은 갑자기 하게 된 거야."

마음의 준비를 할 틈도 없이 급하게 팀을 꾸려서 갑자기 들어간 수술.

기적적으로 성공했다고 하지만 그 부담감이 얼마나 컸을지는 본인만 알 것이다.

"그래서 그분이 제자들을 혹독하게 가르쳤지. 그 덕에 실력은 좋아졌지만……."

그렇게 말하며 의사는 쓰게 웃었다.

"자퇴율도 역대급을 찍었지, 후후후."

"혹시 자우신에 대해서는 압니까?"

"알지. 아버지와 같은 길을 가는 아들 아닌가?"

다행히 그도 자우신에 대해 알고 있는 모양이었다.

하긴, 알 수밖에 없다.

대룡병원에서 자우신에 대한 스카우트 이야기를 할 때 그에게 비밀로 진행할 수는 없는 일이었을 테니까.

"뭐, 자우신도 똑똑한 친구야. 아버지 때문에 고생이 많았지."

"고생이 많았다고요?"

"고등학교 때부터 의학을 배웠거든."

"네? 그게 무슨 말씀이십니까? 고등학교 때요?"

"그래, 지독하게 가르쳤지. 아들이 당신의 길을 이어 가기를 원해서라곤 해도, 글쎄 고등학생을 수업에 참관시키고 다른 의대생하고 똑같이 대했다니까. 심지어 해부도 시켰지. 그 어린애에게 말이야."

노형진은 오광훈의 말이 생각났다.

좋은 의사라고 해서 꼭 좋은 부모라는 법은 없다는 말.

"그래도 용케 엇나가지 않았네요?"

노형진은 슬쩍 말을 돌려 봤다.

대학생에게도 해부는 배움의 기로에 서는 행위다.

해부 과정을 이겨 내지 못하고 의대를 포기하는 사람들이 어마어마하다.

'정서적으로 좋은 행위는 아닌데.'

고등학생에게 해부라…….

아직 정신적으로 완성된 사람이 아닌 아이에게 그런 행동을 시키는 건 아이의 세계를 무너트릴 정도로 위험하다.

"처음에는 우신이도 난리도 아니었지, 울고 토하고. 그런데 교수님은 지독했어. 나중에는 의자를 가지고 와서 해부대 앞에 묶어 둘 정도였으니까."

"네? 아니, 그래도 됩니까? 그걸 그냥 둬요?"

"음…… 자네는 잘 모르겠지만 말이야, 의사들의 세계에서 위계는 절대적이야."

설사 교수가 눈앞에서 산 사람을 해부하고 있어도 제자는 신고할 수가 없을 정도로, 의료계에서 위계는 절대적인 힘을 발휘한다.

만일 거기에서 튕겨 나가면 할 수 있는 건 고작해야 시골에 가서 작은 의원을 차리는 정도.

"특히 교수들의 말은 절대적이지. 어지간한 대형 병원에 입사하는 건 교수의 추천서가 없으면 꿈도 못 꾸거든."

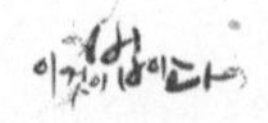

"그게 그렇게 중요합니까?"

"중요하지. 큰 병원에 입사한다는 건 그 자체로도 실력 향상이니까."

큰 병원에 가면 상대하는 환자들의 숫자가 많아져서 그만큼 경험이 늘고, 그래서 실력이 엄청나게 향상된다.

실제로 많은 병이 시골의 병원에서는 잡히지 않다가 서울 대형 병원에서 발견되어 치료된다.

오죽하면 지방 병원들도 답 없다 싶으면 서울의 큰 병원에 가 보라고 권할 정도다.

"큰 병원에 취업하는 것도 힘들지만, 그 안에서 배워 가며 계속 남아 있는 건 또 전혀 다른 문제지. 그걸 결정하는 게 바로 교수고."

그래서 의대생들은 절대 교수에게 대항하지 못한다.

하물며 사람 목숨이 걸렸어도 그 지경인데 자식에 대한 정서적 아동 학대?

그런 걸 신경 써서 덤비는 사람들이 얼마나 있겠는가?

"그리고 애초에 그 시대에는 정서적 아동 학대라는 것의 개념도 약했고."

"이해는 갑니다."

학교에서도 학생들을 두들겨 패는 게 당연하던 시대다.

그런 시대에 아무리 부모가 의사라지만 정서적 어쩌고 하는 건 기대하기 힘들었을 것이다.

"하여간 처음에는 힘들어하더니 나중에는 잘하더군."

노형진은 긴 한숨이 나왔다.

'거기서 뒤틀렸군.'

종종 완벽을 추구하는 부모의 성향이 아이들에게 독이 되기도 한다.

"그래서요? 그 이후에는 어떻게 되었나요?"

"뭐, 그 후에는 자네가 아는 대로 된 거지."

자우신은 자연스럽게 심장 전문의가 되었다.

어지간한 인턴과는 비교도 못 할 정도의 실력과 지식을 가지고 있었던 데다가 아버지의 후광도 있으니 성장하는 건 당연한 일.

그는 아버지의 뒤를 이어서 자연스럽게 교수가 되었다.

"그나저나 갑자기 그분에 대해서는 왜 조사하나?"

"아직은 비밀로 하고 싶습니다."

노형진은 쓰게 웃으며 말했다.

"이야기 감사했습니다."

노형진은 인사를 건네고 그곳에서 나왔다.

그러곤 긴 한숨을 내쉬었다.

"그러니까 대충 상황은 이해가 가는데……."

완벽주의를 추구하는 아버지, 가혹할 정도로 몰아붙이는 아버지 때문에 자우신은 결국 비틀린 거다.

'오광훈이 말한 대로 아버지의 완벽주의가 원인이 된 건

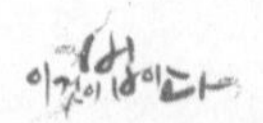

알겠는데 말이지.'

문제는 자우신이 살인범인지 아닌지 알 방법이 없다는 거다.

'다짜고짜 손을 잡고 물어볼 수도 없는 노릇이고.'

그렇다고 수술 도구에 손대는 것도 불가능하다.

수술 도구는 안전을 위해 철저하게 관리된다.

더군다나 수술 도구를 쓸 때는 당연히 장갑을 끼는데, 그 장갑은 모두 폐기물로 특별 관리되어서 전량 소각 처리된다.

'그렇다고 해서 닥치는 대로 기억을 읽을 수도 없고.'

사이코메트리는 기억을 읽을 수 있지만 그것과 접촉한 순간 하고 있던 생각도 읽을 수 있다.

그런데 그가 언제나 살인을 생각할 것도 아니니 분명 한계가 있을 수밖에 없다.

"살인이라…… 살인……."

노형진은 고민하다가 한 가지 가능성을 생각했다.

"생각하지 않는다면, 생각하게 해 주면 되잖아?"

그리고 그렇게 만들 완벽한 방법이 하나 있었다.

⚖

"이렇게 다시 뵙게 되는군요."

"뭐, 그 사건은 그 사건이고, 이건 유언장 관련 업무니까요."

노형진은 자우신을 바라보면서 웃었다.

"선생님, 잘 부탁드립니다."

호화로운 1인 특실, 침대에 누워 있던 노인이 고개를 숙이며 말했다.

그리고 그를 보면서 자우신은 미소를 지었다.

"걱정하지 마세요. 괜찮으실 테니까요."

"그래도 심장 쪽이 계속 아파 와서……."

"별문제 없을 겁니다."

평이하게 말하려고 하는 자우신.

하지만 눈 끝이 파르르 떨리는 건 숨기지 못했다.

'그래, 그렇겠지. 너희 아버지랑 이렇게 닮은 사람을 보는 것도 힘든 일일 거야. 안 그래?'

노형진에게는 평범하게 그가 살인에 대한 생각을 하도록 유도할 방법이 없었다.

범죄자도 아니고, 성공한 교수를 그렇게 대할 수는 없는 노릇.

'하지만 만일 피해 대상이 오광훈의 말대로라면?'

아버지에 대한 분노로 또래의 비슷한 사람을 죽이고 싶어 하는 거라면?

'비슷한 사람을 보면 살심이 폭발하겠지.'

물론 진짜로 희생자를 만들 생각은 없다.

하지만 단순 검사라면 이야기가 달라진다.

그래서 노형진은 과거 자광호의 사진을 구해서 비슷하게

생긴 노인을 최대한 똑같이 꾸미도록 했다.

그리고 그를 가명의 기업의 사장으로 최고급 병실에 입원시키고, 주치의로 자우신을 선택했다.

기업의 대표이자 돈이 있는 사람이 심장에 이상을 느끼고 자우신급의 교수를 주치의로 선택하는 건 전혀 이상할 것 없는 일이니까.

'그리고 너는 지금 아버지가 살아 돌아온 것처럼 느끼고 있겠지.'

증오해 마지않는 자와 지독할 정도로 비슷하게 생긴 사람이 눈앞에 있다.

과연 어떤 기분이 들까? 어떤 생각이 들까?

'나에게는 기회지.'

노형진은 애써 감정을 감추고 있는 자우신에게 다가갔다.

그러곤 손을 내밀어서 악수를 청했다.

"선생님, 잘 부탁드립니다."

노형진은 만일에 대비해서 유언장을 작성할 변호사로 여기에 왔기에 이런 부탁을 자우신에게 해도 이상할 게 없는 상황이었다.

그러니 아무리 자우신이 콧대가 높아도 이 상황에서 노형진의 손을 쳐 내거나 무시할 수는 없을 것이다.

'믿음이란 그런 거거든.'

의사가 신체적인 믿음으로 의사를 만난다면 변호사는 사

회적인 믿음으로 의뢰인을 만난다.

즉, 여기서 노형진이 청하는 악수에는 의뢰인의 신뢰가 일부 담다.

여기서 자우신이 그걸 무시하거나 쳐 낸다면 당연히 의뢰인 역시 불안감을 가지게 된다.

"별말씀을요. 검사 결과는 봐야겠지만, 그래도 혈색을 보니 멀쩡하실 겁니다, 하하하."

웃으면서 노형진의 손을 잡는 자우신.

그리고 폭풍처럼 밀려들어 오는 그의 생각.

'죽여 버리겠어. 저 새끼를 죽여 버리고 싶어. 다른 놈들처럼. 그렇게 죽여 버리고 싶어. 그래, 성공했다 이거지? 네놈이 그렇게 성공했다 이거지. 이번이 아니더라도 언젠가는 죽여 주마.'

가슴속 깊은 곳에서 끓어오르는 분노. 그리고 살인의 기억들.

그 기억들을 본 노형진은 자신도 모르게 침을 꿀꺽 삼킬 수밖에 없었다.

⚖

'백 명이 넘는다니.'

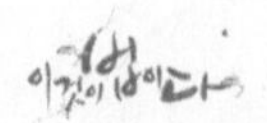

살인자의 기억 속에서 그가 죽인 사람은 백 명이 넘었다.

주요 대상은 50대 이상의 남자들.

'지독한 놈.'

노형진은 기록을 확인하면서 혀를 내둘렀다.

심장 이상 문제는 아무래도 50대 이상의 남자들에게 쉽게 발생한다.

그래서 희생자를 구하는 것은 어려운 일이 아니었을 것이다.

"50대 이상의 남성이라고? 그게 피해자가 그렇게 많다고?"

노형진은 이 문제를 그냥 넘어갈 수가 없었다.

물론 조사해서 자우신을 처벌해야겠지만, 그 과정에서 어떤 일이 벌어질지 너무나 뻔하기에 그걸 미리 송정한에게 이야기했다.

노형진이 가진 능력을 일부 알고 있던 송정한은 자우신의 기억을 읽어 냈다는 말에 얼굴이 사색이 되었다.

"그나마도 자우신이 기억하는 피해자의 수만 백 명인 겁니다."

"기억하는…… 피해자?"

"그렇습니다."

그가 죽이고자 마음먹고 확실하게 손쓴 사람들.

그들에 대한 기억만 그 정도다.

"자우신이 살인으로 인식하지 않았을 미필적고의까지 생각하면 피해자는 그 몇 배가 될 수도 있습니다."

"몇 배라니……."

"불가능하지는 않지요. 자우신이 매달 하는 수술이 몇 건인데요."

기록에 따르면 그가 매달 하는 수술의 수는 제일 적을 때가 열세 건, 가장 많을 때는 스물두 건이 넘었다.

한 달에 스물두 건이라면 쉬는 날을 제외하고는 하루에 최소 한 건. 필요에 따라서는 두 건 이상을 한다는 거다.

"아시겠지만 심장 수술은 아주 예민하고 힘든 수술입니다."

심장 전문의들이 한번 수술하고 나면 말 그대로 퍼져서 늘어질 정도로 집중력이 필요하다.

"하루 자고 난다고 해서 다음 날 완벽하게 나아질 거라는 보장은 없지요."

"으음……."

그렇게 피로가 쌓인 상황이라면?

정상적인 사람이라면 수술을 미루거나 다른 의사를 불러올 것이다.

"하지만 자우신은 굳이 자기가 합니다. 뭐, 그 덕에 존경스러운 교수님으로 불리지만요."

"하지만 그 내면은 환자가 죽어도 상관없다는 거다 이거군."

"맞습니다."

죽어도 어쩔 수 없다.

그게 그의 마인드라면, 제대로 된 집중력이 발휘될 리가 없고 사망률은 높아질 수밖에 없다.

살인마에게서 이 사람을 살려야 한다는 책임감을 기대할 수는 없을 테니까.

"그런 사건들은 당연히 본인도 기억조차 못 할 겁니다."

"미필적고의에 의한 살인이라……."

"문제는 두 가지입니다. 첫째, 의사라는 특성상 수술 중에 살인을 해도 입증할 방법이 없습니다. 둘째, 처벌을 하게 된다 해도 이건 분명히 의사들이 들고일어날 겁니다."

"그렇지. 의사들 성격을 생각하면 들고일어나지 않을 리가 없지."

완벽하게 개별적인 살인 사건 같지만 의사 입장에서는 그렇지도 않다.

법률상 사례라는 게 중요한 이유는, 한번 그 사례가 인정되면 이후 그에 근거하여 계속해서 인정될 수 있기 때문이다.

"지금까지는 환자들이 의료사고로 소송은 많이 했지만 살인으로 신고한 경우는 없을 겁니다."

"그렇겠지."

그런데 의료사고는 민사의 영역이고, 돈을 많이 버는 의사들이라면 합의하면 그만인 데다가 판사들도 대부분 의사 편을 들어 줬다.

"하지만 살인은 형사의 영역이니까……."

송정한은 씁쓸하게 말했다.

"그리고 실제로 고의 살인은 처음이지만 미필적고의에 의한 살인은 한두 번 벌어진 게 아니지."

수술의 특성상 살인을 증명하기는 힘들지만 미필적고의에 의한 살인은 사실 의료계에서는 상당히 흔하게 벌어지는 사건이다.

사람 목숨이 달려 있는 수술을 하기로 되어 있는 의사가 새벽까지 접대받고 술에 절어서 수술실로 들어갔다가 보다 못한 인턴이 말리자 인턴을 폭행하거나, 산모와 아이가 숨이 넘어가는데 찬송가를 불러야 한다며 전화를 끊어 버리거나, 귀찮다고 간호사, 혹은 심지어 의학 지식이 없는 의료 기기 회사의 직원에게 대신 수술시키는 등, 그 윤리적 해이가 심각하다 못해 자신들의 당연한 권리라고 생각하는 수준까지 떨어진 의사들이 있다.

"민사와 형사는 대응이 달라질 테니까 당연히 의사들 입장에서는 형사 처리를 어떻게 해서든 막으려고 할 겁니다."

민사야 돈만 좀 던져 주면 끝.

하지만 형사는 감옥에 가야 한다.

살인이라면 더더욱 그렇다.

"물론 그런다고 해서 의사 면허가 취소되는 건 아니지만요."

하지만 권력은 잃어버리게 된다.

감옥에 1년 동안 갔다 오면 그 자리는 다른 누군가가 차지한 후일 테니 그는 기껏해야 지방에 내려가서 개원하는 수밖에 없다.

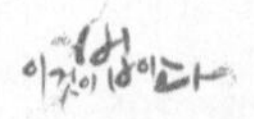

'그러고 보니 공공 의대와 관련해서 그 이야기가 나왔지.'

이제 슬슬 정치인들 사이에서 말이 나오는 공공 의대 문제.

공공 의대란 지방의 의료난을 해결하기 위해 지방에서 일할 의사를 따로 뽑자는 것이다.

실제로 일부 지방은 중국 이상으로 열악한 의료 현실을 겪고 있지만, 의사들은 그걸 해결할 생각이 없었다.

돈 때문에? 아니다.

사실 돈은 지방이 더 많이 번다.

수도권에서 2억을 받을 정도의 실력을 가진 의사라면 지방에서는 4억을 받을 수 있다.

그만큼 의사가 부족한 것이다.

그런데도 내려가지 않는 것은, 지방으로 내려가는 건 자존심이 상하는 일이기 때문이다.

더 웃긴 건, 그렇게 내려가지도 않을 거면서 또 공공 의대는 사람들이 죽든 말든 파업해 가면서 결사반대를 했었다.

'그때 내부에서 나온 말이 그거였지.'

왜 본인들이 지방으로 내려가지도 않을 거면서 공공 의대는 반대하느냐?

그건 최후의 보험 개념이라는 거다.

나이가 너무 많아져 서울에서 더 이상 버티기 힘들거나 권력 싸움에서 밀려서 의료계에서 쫓겨나면, 지방에 가서 느긋하게 대가리 노릇 하면서 돈을 버는 것.

그걸 위해서는 지방의 사람들은 병에 고통받으며 치료도 받지 못해야 한다는 것이다.

그게 이유라고, 누군가가 내부에서 말했었다.

그게 사실인지 어쩐지 알 수는 없지만, 의사들이 부패한 것은 사실이었다.

“아마도 이번 사건이 알려지면 의사들이 단체로 행동할 겁니다. 미래의 자기들의 처벌을 면하기 위해서라도 말입니다.”

노형진이 송정한을 찾아온 이유는 그래서였다.

“단순히 형사처벌을 받게 하는 거야 제가 어떻게 해서든 처리할 수 있겠지만, 의사협회에서 파업도 불사하고 들고일어나면 정치적 부담은 어마어마해지니까요.”

“파업? 설마 파업을 할 거라고 생각하는 건가? 설마! 아무리 그래도 의사인데.”

노형진은 쓰게 웃었다. 그들의 진면목을 봤기에 그들이 어떻게 행동할지 어렵지 않게 알 수 있었으니까.

“누차 말씀드리지만 이건 개인의 범죄가 아닙니다. 그동안 의사들의 범죄를 은닉하던 경찰의 한계가 드러난 사건이지요. 경찰은 당연히 제대로 조사하려고 할 거고, 의사들의 범죄행위에 대한 처벌의 요구가 심해질 겁니다.”

“으음…….”

“아마 의료사고가 벌어지면 민사소송이 아니라 형사로, 업무상 과실치상이나 과실치사로 고소가 들어가겠지요.”

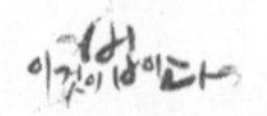

물론 의사들에게는 가혹한 일일 수도 있다.

소송이 남발되면 의사들이 그런 주요 학과를 점점 기피할 수밖에 없는 것도 사실이고.

사실상 주요 수술이 몰려 있는 외과 쪽은 의사들이 거의 수도승의 삶을 살아야 할지도 모른다.

"하지만 해야 합니다."

"그런가? 이해는 가는군. 그러면 내 쪽에서는 그들을 달래 줄 방법을 찾아봐야 하나?"

노형진은 고개를 흔들었다.

"아니요. 정반대입니다."

"뭐?"

"지금이야말로 의사들을 찍어 누르고 정원을 늘릴 수 있는 기회입니다. 그들을 달래는 게 아니라, 그들을 족칠 준비를 해 주시면 됩니다."

"족친다고?"

"네, 나머지는 제가 다 알아서 하겠습니다."

노형진은 진지한 얼굴로 말했다.

살인의 증명

"역시 그렇군요."

임진기는 노형진의 말에 긴 한숨을 내쉬었다.

"어쩐지 그럴 것 같기는 했습니다."

"다른 의사들은 몰랐을까요?"

"몰랐을 겁니다. 수술실에서 집도의는 왕 그 자체입니다."

다른 의사들이 집도에 대해 왈가왈부할 수 있는 게 아니다.

"더군다나 대부분의 수술은 집도의의 아랫사람이 함께 들어가니까요."

당연히 아랫사람은 윗사람에게 그 수술에 대해 뭐라고 할 수가 없다.

"그랬다가는 바로 퇴출됩니다. 전에도 말씀드렸다시피요."

새벽까지 접대받고 수술실에 들어간 의사.

그러자 수술은커녕 제대로 서지도 못하는 의사를 말렸던 인턴.

사람들은 그 사건에서 의사가 잘못했다고 생각한다.

그건 너무나 당연하다.

"하지만 그 사건의 결말은 그 인턴이 잘리는 걸로 끝났습니다."

어떻게 보면 사람을 살린 것인데 집도의에게 반기를 들었다는 이유로 그는 인턴에서 잘렸다.

"그리고 결국 인턴 과정을 제대로 끝내지도 못했지요."

자신의 수술이 방해받았다고 생각한 교수는 사방으로 전화해서 그가 인턴 과정을 끝내지 못하도록 했고, 결국 그는 의사로서의 꿈을 포기해야 했다.

"문제는 그가 살인을 저질렀다는 걸 증명하는 것입니다."

"그걸 들었다는 사람에게 증언을 부탁하면 안 됩니까?"

노형진은 임진기의 말에 고개를 흔들었다.

기억을 읽을 수 있다고 말할 수는 없으니 노형진이 선택한 것은 익명의 제보자였다.

"그 사람도 얼굴을 드러내고 제보하는 것은 거부했습니다."

"하긴, 당연하겠네요."

그리고 임진기는 그런 노형진의 말을 전혀 의심하지 않았다.

누구보다 의료계의 진실을 알고 있었으니까.

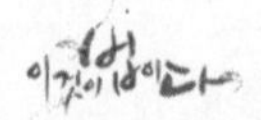

"그러니 다른 쪽에서 노리도록 하지요."

"다른 쪽요?"

"사람들은 자기가 만만하다고 생각하는 사람일수록 막 대하고 무시하는 경향이 있거든요."

노형진은 씩 하고 웃었다.

⚖

한찬성은 모 기업의 직원이었다.

하지만 스스로는 노예라고 자조하곤 했다.

제약 회사 영업 사원이라는 게 그렇다. 노예 그 이상도 그 이하도 아니다.

그나마 접대하는 건 이해라도 한다.

하지만 스스로 노예라고 할 만큼, 약을 고르는 권한이 있는 교수들에게 부려 먹힐 수밖에 없었다.

그런 한찬성이 노형진을 만난 것은 무려 30분이나 걸리는 거리를 달려와서 교수 집의 음식물 쓰레기를 버리고 있을 때였다.

"한찬성 씨?"

"네?"

자신을 부르는 소리에 무심결에 고개를 돌렸다가 노형진과 임진기를 발견한 그는 머쓱하게 손에 들린 음식물 쓰레기봉투를 뒤로 숨겼다.

"제가 한찬성인데요. 왜 그러시죠?"

"노형진이라고 합니다."

노형진이 명함을 내밀자 한찬성은 음식물 쓰레기봉투를 들고 우물쭈물하다가 조심스럽게 한 손으로 받아 들었다.

"제가 명함이 없어서……."

영업하는 사람이 명함이 없을 리가 없다.

아마 교수 집 심부름이나 하는 자신의 처지 때문에 없다고 했을 것이다.

"뭐, 명함을 주시지 않아도 대충 알고 있습니다. 잠깐 이야기 좀 할 수 있을까요? 그건 가져다 버리시고요."

"아…… 네……."

한찬성은 고민하다가 고개를 끄덕거렸다.

다른 사람도 아니고 변호사다.

오랜 영업맨의 경험상 이런 사람을 무시하면 나중에 뒤가 안 좋다는 정도는 알고 있었다.

그는 음식물 쓰레기를 버린 후에 노형진을 따라 주변의 커피숍으로 향했다.

그리고 그곳에서 받은 제안에 기겁했다.

"네? 저보고 자우신 교수님을 배신하라고요?"

"배신하라는 게 아닙니다. 술을 먹이고 자리를 비워 달라는 거지."

“그게 그거 아닙니까?”

“그게 그거가 아닐 수도 있지요.”

“아니요. 저는 안 됩니다. 진짜 안 됩니다.”

한찬성은 고개를 절레절레 흔들었다.

“자 교수님은 저희 회사에서도 큰손님입니다.”

교수들에게는 약을 선택할 수 있는 권한이 있다.

물론 그러한 폐해를 막기 위해 의약분업이 실시되었지만, 바뀐 건 없었다.

과거에는 병원에서 직접 주던 약을 약국에서 주는 것으로 바뀌었을 뿐, 사실상 변한 건 없었다.

교수급 의사가 어떤 약을 쓰라고 하면 아래에 있는 의사들이 일사불란하게 그 약으로 모조리 바꿔 버리면 그만이기 때문이다.

물론 법적으로는 동일한 성분의 약이라면 약사는 의사와 상의하에 다른 약으로 바꿀 수도 있다.

문제는 약사가 의사와 상의해야 한다는 것.

의사가 거절하면 그만이고, 급한 대로 동의해 준다고 해도 나중에 의사가 그 약은 성분이 약간 다르다고 언급만 해 주면 환자는 다른 약국으로 갈 수밖에 없다.

특히 한국은 신약 개발에 힘쓰지 않고 복제약을 만드는 게 보통인지라 비슷한 성분의 약들이 워낙 많아서, 대부분의 제약 회사에서 이러한 로비 없이 약을 파는 건 거의 불가능에 가까울 정도다.

“술에 취한 자 교수님에게 무슨 짓을 하려고 하는 건지 모르지만, 절대로 안 됩니다.”

“우리가 어떤 짓을 한다고 해도요?”

“네, 절대로 안 됩니다.”

노형진은 씩 하고 웃었다.

사실 예상은 했다.

노예근성이라는 말이 있다. 그렇게 길들여진 사람은 쉽게 저항하거나 바뀌지 못한다.

칼을 들어 주인을 찔러야 자유가 되지만, 그들은 주인이 주는 밥에 길들여져서 그가 없으면 본인도 죽는 줄 안다.

‘하지만 현실은 다르지.’

현실은 주인이 밥을 주는 게 아니라, 노예가 농사지어서 제공한 음식의 극히 일부를 주인이 되돌려주는 것이다.

“그렇다면 어쩔 수 없지요.”

노형진은 어깨를 으쓱했다.

“자우신 교수에게 당신네 회사의 약을 모두 쓰지 말라고 할 겁니다.”

“뭐라고요? 그게 말이나 된다고 생각합니까?”

“못 할 것 같나요?”

노형진은 웃으며 말했다.

그러곤 다른 명함을 꺼내서 그에게 건넸다.

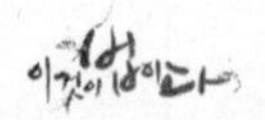

"대룡의 병원에서도 당신네 약을 안 쓰면 어떻게 될까요? 그리고 대룡의 인맥을 통해 다른 병원들에서도 당신네 약을 안 쓰게 하면 어떻게 될까요?"

"다…… 당신들, 무슨 짓을 하려는 거야?"

"그건 한찬성 씨가 알 필요가 없지요."

노형진은 어깨를 으쓱했다.

"중요한 건, 한찬성 씨가 어떤 선택을 하느냐에 따라 한찬성 씨뿐만 아니라 한찬성 씨가 속한 회사의 미래도 바뀐다는 거죠."

"사장님에게 보고할 거야!"

"보고하세요. 저는 보고하기를 원합니다. 그러면 사장님은 뭐라고 할까요?"

한찬성은 말이 막혔다.

어떤 답이 나올까? 사실 어렵지 않은 결정이다.

한쪽은 결국 한 명의 교수의 미래지만, 다른 한쪽은 회사의 미래다.

"물론 우리를 도와준다면 회사에 어떠한 영향도 끼치지 않도록 하지요."

"지…… 진짜입니까?"

"물론 '도와준다면'이라는 조건이 붙습니다."

노형진의 말에 한찬성은 침을 꿀꺽 삼켰다.

그러곤 조심스럽게 전화를 들었다.

"회사에 전화를 좀 해도 될까요?"

⚖

"이래도 됩니까?"

"이래야 합니다."

노형진은 시계를 힐끔 보며 말했다.

"애석하게도 저도 모든 걸 다 할 수는 없거든요."

노형진이 기억을 읽어서 그 살인의 고의를 알아낼 수는 있을지 모르지만, 그걸 증명하는 것은 전혀 다른 문제다.

"임 변호사님도 아시지 않습니까? 사실 수술 중에 살짝 장난치는 것만으로도 사람은 죽습니다."

심장 수술을 하다가 동맥을 살짝 건드린다거나 심장 내부에 잘 보이지 않는 상처 하나만 내도 그 사람은 죽을 수밖에 없다.

물론 개복해서 다시 치료하면 살 수 있을지도 모르지만, 심장 수술은 신체에 엄청나게 부담을 주는 행동이다.

그런데 다시 개복한다면 대부분의 환자는 죽을 수밖에 없다.

그걸 알기에 의사들은 웬만하면 개복하지 않으려고 하고, CT나 MRI에 걸리지 않는 작은 상처는 결국 이상 없음으로 넘어갈 수밖에 없다.

"그리고 한국 사람들은 부검에 대해 상당히 부정적입니

다. 망자에 대한 모독이라고 생각하거든요."

진짜 의료 소송을 할 게 아니라면 부검을 상당히 꺼리는 편이다.

"설사 부검한다고 해도, 드러나게 상처를 내거나 한 게 아니라 다른 방법을 썼다면 우리로서는 알아낼 방법이 없지요."

자우신 정도 되는 의사가 내부에 혈전 하나 만드는 건 어렵지 않은 일일 테고, 심장의 혈전으로 인해 사망하는 경우는 의료사고로 보기 힘들다.

의료사고란 말 그대로 의사가 어떠한 실수를 하는 것을 의미하는 건데, 혈전이라는 것은 실수와 상관없이 몸의 반응으로 생기는 경우가 있기 때문이다.

"후우, 제가 의료계를 떠나면서 더러운 꼴은 다 봤다고 생각했는데요."

"뭐, 어딜 가나 더러운 꼴은 많이 볼 수밖에 없어요."

노형진은 쓰게 웃었다.

그러는 사이에 시간이 흘렀고, 새벽 2시쯤 되자 흥청망청 술에 취한 사람들이 룸에서 나오는 게 보였다.

"이거야 원."

노형진은 비틀거리는 사람들을 보면서 혀를 끌끌 찼다.

그들 중에는 의사도 있다는 걸 아니까.

이미 오늘 접대하는 사람들에 대해 충분히 이야기를 들었기에 그들 중 몇몇은 내일 수술 일정이 있다는 것도 알고 있었다.

그런데 그런 의사들이 술에 취해서 기둥을 붙잡고 웩웩거리는 게 보였다.

"저 꼴로 수술하면 누구 하나 잡을 것 같은데."

"아, 걱정하지 마세요. 그럴 일 없으니까요."

"네?"

"제가 바보도 아니고, 엉뚱한 피해자를 만들 수는 없지요."

물론 내일 수술을 잡은 게 그 자신은 아니지만 그래도 내일, 아니 오늘 수술할 사람들이 위험한 건 사실이다.

"제가 수술을 막을 겁니다."

"하지만 어떻게요? 가서 다짜고짜 취했다고 몰아붙일 수는 없습니다."

물론 그럴 수도 있지만, 그렇게 되면 노형진의 계획은 모두 흐트러져 버린다.

"그거요? 이미 오 검사랑 이야기해 놨습니다. 아침에 병원 입구에서 기습적으로 음주측정을 할 겁니다."

"음주측정요?"

"지금 저들은 집으로 가려고 하고 있지요. 그리고 저들이 내일 아침에 출근할 때, 어제 술을 많이 마셨으니 택시를 타고 가야겠다 할까요?"

"하하하, 그럴 리가 없지요."

임진기는 바로 노형진이 뭘 말하는지 알아차렸다.

"음주 운전으로 걸릴 수밖에 없군요."

사람들은 밤에 마신 술이 아침이면 다 깬다고 생각한다.

하지만 현실적으로 술은 사람들의 생각처럼 완벽하게 깨지 않는다.

체내에서 알코올이 분해되는 속도는 사람마다 다르지만, 지금 시간은 새벽 2시.

오전 9시에 출근한다고 가정하면 고작 일곱 시간 만에 술이 깰 수는 없다.

"자고 일어나면 머리가 어느 정도 맑아지기야 하겠지만 알코올이 다 사라진 건 아니지요."

실제로 경찰이 야간 음주 단속 대신에 새벽 출근길 음주 단속을 시작하자 어마어마한 숫자의 사람들이 걸렸다.

밤에 술을 마시고 아침에 술 다 깼다고 운전한 것이다.

"의사들이 바보가 아닌 이상에야 수술하지 못하겠네요."

전날 술을 마셨다는 걸 걸리지 않았다면 모를까, 적나라하게 걸렸으니까.

"당연히 그 정도면 병원으로 연락이 갈 수밖에 없지요."

음주 운전에 걸리면 경찰서로 가서 제대로 진술서를 써야 한다.

물론 현장에서 그냥 딱지만 발부하고 끝낼 수도 있지만, 그건 어디까지나 알코올농도가 지극히 낮아 훈방 사유에 해당되는 수준일 때뿐이다.

"저 정도로 취했으면 턱도 없을 겁니다."

당연히 출근 못 하고 병원으로 연락이 갈 테고, 병원은 음주 운전 사실을 알게 될 거다.

"그 상황에서 병원이 미쳤다고 수술을 시키겠습니까?"

만일 그랬다가 사고라도 나면 병원에서는 관리 책임을 지지 않을 수가 없는데, 못해도 수억은 물어 줘야 하니 절대 수술을 맡기지 못할 것이다.

"다 계획이 있으시군요. 저는 내일 저놈들이 수술하게 될까 봐 엄청 걱정했습니다."

"하하하. 그나저나 의외로 오래 이어지네요."

다른 사람들은 다들 나왔는데 유독 자우신만 나오지 않고 있었다.

"접대란 게 그런 거죠. 어차피 저쪽에서 토하고 있는 전공의는 아랫사람들이니까."

언젠가 위로 올라갈 테지만 아직은 결정권이 없는 사람들.

당연히 그 접대라는 것도 어디까지나 관리 수준이지, 제대로 된 접대는 아니다.

"애초에 교수님들과 같은 방에서 물고 빨고 하지는 못하지요."

"아? 그런가요?"

"급이 안 맞지 않습니까? 의대 교수는 하늘입니다. 여자를 물고 빨고 하는 모습을 보여 줄 수는 없지요."

임진기의 말에 따르면 직접 접대하는 경우가 아닌 한, 의사들이 한 공간에서 교수와 같이 접대받는 것은 도의에 어긋난다고 했다.

"이것도 다 순서가 있습니다."

일단 아가씨도 교수가 접대받는 방을 거치고 나서 아래 의사들이 접대받는 방으로 들어가는 것이 룰이란다.

그리고 교수가 지명한 아가씨는 절대 부르지 않는 것도 룰이고 말이다.

"별 미친 소리를 다 듣네요. 접대받고 술 처먹는 새끼들이 룰은 무슨."

노형진은 혀를 끌끌 찼다.

그러는 사이에도 시간은 계속 흘렀고, 마침내 술집의 입구에서 누군가 두리번거리는 게 보였다.

"아, 된 것 같습니다."

노형진은 차에서 내려서 걱정스러운 눈빛으로 이쪽을 바라보는 남자, 한찬성에게 다가갔다.

"어떻습니까?"

"완전히 취했습니다. 제 경험상 이 정도면 필름이 끊어질 겁니다."

"그러면 들어가죠."

"그런데 가서 물어본다고 한들 제대로 대답이나 할까요?"

임진기가 걱정스럽게 물었다.

"술에 취하면 사람은 별의별 말을 다 하지요."

"압니다. 그래도 시간이……."

시간이 넉넉하다면 닥치는 대로 물어봐서 답을 뽑아낼 수 있겠지만, 시간이 길어지면 회사 측에서 의심할 수밖에 없다.

더군다나 노형진 스스로 회사에는 피해를 주지 않겠다고 했다.

노형진은 약속한 건 지키는 타입.

"그렇다고 술을 더 먹이자니, 이 이상은 기절할 겁니다."

지금도 아직 정신이 나간 건 아니다.

다만 필름이 끊어져서 지금부터 벌어질 일을 기억하지 못할 뿐.

"물론 평소라면 그렇겠지요. 하지만 지금부터는 새로운 수사 기법을 쓸 겁니다."

"새로운…… 수사 기법?"

"우리는 변호사지, 경찰이나 검찰이 아니지 않습니까? 꼭 법원에서 정한 규정 내에서만 수사할 필요는 없지요. 이 근처에서 쉬고 계시라 했으니 금방 오실 겁니다."

"누구가요?"

노형진은 그저 웃고 말았다.

아직 이 방법은 하늘에 적용되기 전이기에 임진기가 모를 수밖에 없었다.

"저기 오시네요."

조금 늦게 도착한 남자는 임진기에게 고개를 숙여서 인사를 건넸다.

"법무 법인 새론의 최면술사인 강준도 씨입니다."

"네? 잠깐, 최면술사요?"

"네."

"아니, 최면술은 법리적으로 인정이……."

"안 되지요. 하지만 우리야 상관있나요?"

"없군요."

애초에 이들이 법률적으로 수사권을 가지고 있는 것도 아니다.

"술에 취하면 사람은 늘어지게 마련이지요. 정신적 방어가 약해지면 당연히 최면술도 잘 걸리고요."

"아…… 지난번에 그……."

"아시네요."

"나라가 뒤집어진 사건 아닙니까?"

최면술을 이용해 살인을 저질렀던 사건.

그 사건 이후에 살인범들이 하는 수많은 변명의 레퍼토리 중에 최면술이 끼어들었을 정도로 대한민국 법조계에 큰 충격을 주었다.

"물론 여전히 대한민국 법원은 최면술을 인정하지 않고 있지요. 하지만 우리가 진실을 알기에는 충분합니다."

"하지만 새론에서 왜 최면술을 필요로 하는 거죠?"

"두 가지 이유 때문입니다. 거짓말을 하든가, 기억하지 못

하든가."

노형진이 매번 하는 말 중 하나가 의뢰인은 거짓말을 한다는 것이다.

인간이 자신에게 유리하게 말하는 것은 어찌 보면 너무나 당연한 일이기에 그걸 뭐라 할 수는 없지만, 문제는 그런 경우에 변론이 완전히 개판이 되어 버린다는 거다.

증거와 진술이 다르면 방향이 틀어져 버리거나 알지도 못했던 사실에 대해 갑자기 방어를 해야 하니까.

그리고 피해자들이 제대로 사건을 기억하지 못하는 경우도 있다.

충격으로 인해 그런 경우도 있고, 또는 수치심 때문에 자신도 모르게 기억이 흐려진 경우도 있다. 아니면 상황이 너무 급박해서 자세한 걸 떠올리지 못한다거나 하는 경우도 있고 말이다.

"그런 걸 자세하게 알수록 변론은 쉬워지지요."

"아아."

"우리는 변호사입니다. 수사기관이 아니죠. 이길 수만 있다면 뭘 쓰든 문제가 되지 않습니다."

물론 증거를 조작하거나 하는 것이라면 문제가 되겠지만, 최면술을 쓰는 건 그런 게 아니다.

"그렇게 나온 증언은 증거는 못 되지만 우리가 방어하기 위한 시발점이 될 수는 있지요."

"확실히 노 변호사님은 다르네요. 빠르게 익히고 빠르게 적용하십니다."

최면술에 대해 다른 변호사도 모르지는 않았을 것이다.

그러나 그걸 법률적 방어에 쓸 생각은 누구도 하지 못했다.

노형진은 어깨를 으쓱하고 내려갔다.

룸 안으로 들어가자 인사불성 직전의 자우신이 여자를 옆에 끼고 가슴을 주물럭거리는 게 보였다.

"흠."

"웨이터! 나가! 아니다. 술 더 가지고 와, 술!"

노형진을 알아보지 못하는 걸 보니 제대로 정신이 나간 모양이었다.

"너무 취한 것 같은데, 가능하시겠습니까?"

강준도는 고개를 끄덕거렸다.

"완전히 정신 방어가 풀렸네요. 이 정도면 어렵지 않을 겁니다."

"부탁드립니다."

노형진은 여자에게 눈짓했고, 그러자 자우신의 옆에 있던 여자는 슬쩍 눈치를 보다가 방을 나갔다.

"어? 어디 가? 어? 어디 가냐……. 예쁜아…… 예쁜아. 같이 놀아야지, 히히히."

근엄하고 올바른 교수의 모습은 온데간데없고 미친놈 하나가 굴러다니는 모습에, 노형진은 혀를 끌끌 찰 수밖에 없었다.

강준도는 그런 그에게 다가가서 시계를 흔들었다.

"이걸 보세요. 지금부터 당신은 당신의 내면으로 들어갑니다."

"뭔 개소리야?"

"당신의 욕망에 충실해지고, 당신이 가고자 하는 세계로 들어갑니다."

"너 뭐야? 여자 어디에 있……."

계속 여자를 찾던 자우신은 어느 순간 축 늘어졌다. 그러곤 멍하니 시계를 바라보았다.

그렇게 흔들리는 시계를 바라보던 그는 눈을 감았다.

노형진은 강준도를 바라보았다.

"잠든 겁니까?"

"아니요. 이제 질문하시면 됩니다."

노형진은 고개를 끄덕거리면서 녹음기를 꺼냈다.

당연히 이 장면을 녹화하기 위해 카메라도 설치되었다.

"자우신 씨, 당신은 사람을 죽여 본 적이 있습니까?"

"당연히 있지."

"얼마나 죽였습니까?"

"백 명? 이백 명? 몰라. 세다가 까먹었어."

이야기가 계속되자 조용히 듣고 있던 강준도와 임진기는 눈을 찌푸렸고, 사정을 전혀 모르고 있던 한찬성은 주저앉았다.

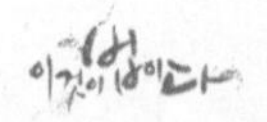

자신이 모시고 접대하던 대상이 백 명이 넘는 사람을 죽인 살인마라는 것은 충격을 받을 수밖에 없는 일이었다.

"그래서, 어떻게 죽였지요?"

"수술 중에 죽였지. 수술하면서 심장 내벽에 살짝 조금만 상처를 내면 혈전이 발생하거든."

예상대로 수술 중에 고의적으로 사람을 죽였다는 증언을 하는 자우신.

결국 듣다 못한 임진기가 나서서 그의 멱살을 잡아 올리려고 했지만 노형진이 말렸다.

"여기서 때려 봐야 폭행 흔적만 남습니다. 그러면 나중에 폭행으로 인한 위증이라고 하면 그만입니다."

"하지만 영상으로 촬영 중 아닙니까?"

"최면술은 법원에서 인정되지 않습니다."

"끄응……."

즉, 자우신이 여기서 최면술이 아닌 폭행을 당했다고 주장하면, 법원의 특성상 그걸 받아들일 가능성이 아주 크다.

"알겠습니다."

"걱정하지 마세요, 조만간 세상은 바뀔 테니."

노형진은 그렇게 말한 뒤 다시 자우신을 바라보면서 물었다.

"왜 죽인 겁니까? 도대체 왜 사람들을 죽여 댄 겁니까?"

"나는 아버지에게 평생을 고통받았어. 하고자 하는 것도 못 했고, 꿈도 포기하고 강제로 이 길로 와야 했지. 난 화가

가 되고 싶었어……. 그런데 그놈들은 아니야. 그놈들은 행복했어. 행복해 보여서 화가 났어……."

이야기를 들어 보니 살인의 이유가 너무 황당했다.

자신은 고통 속에서 살며 지금의 자리에 왔는데, 돈도 없는 가난한 놈들이 가족들의 병문안을 받으며 행복해하는 것이 자신의 아버지와 비교되어 분노가 치솟아 그들을 고의적으로 죽여 왔다는 것.

'히틀러인 셈인가?'

히틀러는 희대의 학살자지만 그가 미술을 전공한 학생이라는 건 널리 알려진 사실이다.

그에게는 재능이 없다고 교수가 못 박는 바람에 정치가가 되었고, 2차대전을 일으키고 수많은 사람들을 죽음으로 몰아갔다.

만일 교수가 그의 재능을 한마디라도 칭찬했다면 역사가 바뀌었을 거라고, 누군가는 그랬다.

"네놈들은 아무것도 몰라, 내가 너희를 위해 얼마나 많은 걸 포기해야 했는지. 나는 너희들의 목숨을 쥐고 있어. 그런데도 너희들은 나에게 한순간도 존경심을 보이지 않았지."

전형적인 부패한 자의 모습.

자신이 사람의 목숨을 쥐고 있다고 착각하는 그 모습에 노형진은 더 이상 질문을 던질 이유를 느끼지 못했다.

"그만하죠. 충분히 조사한 것 같으니까."

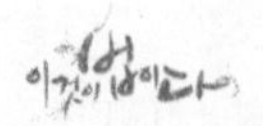

"한 대만 치면 안 됩니까?"

"복수는 임진기 변호사님의 권한이 아닙니다. 유가족들의 권한이지. 아까 말씀드렸듯, 여기서 한 대 치면 법적으로 저 놈에게 유리한 기회를 만들어 줄 뿐입니다."

"크."

"참으세요. 조금만 참으면 됩니다."

노형진은 그렇게 말하면서 곯아떨어진 자우신을 노려보았다.

"어차피 추락이 얼마 안 남았으니까요. 그 이후에는, 깽값은 제가 물어 드리지요."

⚖

노형진은 한찬성에게 자우신을 집에 데려다주라고 했다.

하지만 한찬성이 너무나도 무서워해서 사람을 붙여 줘야 했다.

"미친놈이네, 진짜."

그리고 녹음 파일을 오광훈에게 건넸다.

그걸 들은 오광훈은 어이가 없어서 말을 못 했다.

"이런 걸 모른다고? 어떻게 이런 걸 모를 수가 있지?"

"모를 수밖에 없지. 누가 의사를 의심하겠어? 그들의 존재 의의는 사람을 살리는 건데."

만일 회귀 전 의사들의 파업과 그들 중 일부의 본질을 보지 못했다면 노형진조차도 몰랐을 것이다.

"뭐, 일단은 상관없어. 이 정도 증거면 이 새끼를 바로 잡아 처넣을 수 있겠지."

오광훈은 이를 빠드득 갈면서 말했다.

"내가 아무리 조폭이라지만 최소한 살인은 안 했다. 그런데 사람 목숨을 지켜야 하는 새끼들이 뭐? 가족들과 행복해 보여서 죽였어? 어떻게 이렇게 삐뚤어질 수 있지?"

"뭐. 세상에는 미친놈투성이니까. 하지만 방금 그 계획은 반대야."

"뭐? 무슨 계획? 이 새끼 잡아 처넣는 계획?"

"그래. 지금이 의사들 내부에 있는 사이코패스들을 정리할 수 있는 기회거든."

"그게 무슨 소리야?"

"사이코패스가 자우신 하나뿐이라고 확신해?"

오광훈은 순간 말문이 막혔다.

"연구에 따르면 사이코패스 성향이 강한 사람들이 사회적으로 높은 자리에 올라가기에 유리하지."

실제로 그래야 실적이 좋아지는 부분도 있기에, 그건 어찌 보면 당연히 나올 수밖에 없는 결과다.

부하의 부모가 죽었다고 가슴 아파하는 사람보다는 네 부모가 뒈진 게 회사랑 무슨 관계냐고 따지는 놈이 단기적으로는 실적을 만들어 내기 쉬우니까.

"그런 면에서 볼 때 의사들 중에 사이코패스가 얼마나 많을까? 너도 임진기 변호사한테 들었지?"

사이코패스 성향은 타고나기도 하지만, 교육을 통해서도 만들어 낼 수 있다.

과거에 구 일본군이 장교를 키울 때도 그런 생각으로 키웠으니까.

병사들이 죽든 말든 신경 쓰지 않고 지휘하도록 장교들을 교육했고, 그 결과 그들은 처음에는 일본군이 원한 대로 실적을 냈다.

병사란 숫자에 불과했으니 그들이 죽든 말든 승리만 만들어 내면 그만이었으니까.

"하지만 결과적으로 일본은 패망했지."

병력을 보전해서 반전을 노리거나 하는 게 아니라 자신들의 충성심을 증명하기 위해 반자이 돌격을 시키거나 할복하라고 하니 당연히 만성적으로 병력이 부족할 수밖에 없었고, 싸움에서 이길 수 있을 리가 없었다.

"내가 봐서는 교수 중 일부는 그런 식으로 가르치고 있어. 임 변호사의 증언을 들어 보면 알겠지만 말이지."

사람의 목숨을 다루면서도 떨지 않는 것과 사람 목숨을 파리 목숨으로 아는 것은 전혀 다른 문제다.

하지만 일부 교수들은 그 차이를 몰랐고, 결국 사람을 짐승 이하로 보도록 교육하면서 후천적인 사이코패스를 길러

냈다.

“사이코패스가 더 있다면? 그래서 다른 피해자들이 계속 생긴다면? 넌 다시 찾아낼 수 있겠어?”

오광훈은 소름이 돋았다.

이번만 해도 기적적으로 노형진이 녹음해 온 거지, 현실적으로 수사를 통해 찾아낸다는 건 거의 불가능했다.

“그러면 어쩌자고? 이걸 그냥 둬?”

“그냥 둘 수는 없지. 그러니까 네가 날 도와줘야 해.”

“어떻게?”

“이걸 공개할 거야.”

“공개? 그래서 뭐가 달라지는데? 이 녀석에 대한 조사가 시작되는 건 마찬가지 아니야?”

노형진은 고개를 끄덕거렸다.

“물론 이게 그대로 공개되면 그럴 테지. 하지만 변조되면 어떨까?”

“뭐?”

“누구인지 알 수 없다면?”

“그러면 당연히…….”

오광훈은 노형진이 뭘 이야기하는지 알 수 있었다.

“전수조사 할 수밖에 없겠네.”

어떤 미친놈인지 알 수가 없으니 전수조사 말고는 방법이 없다.

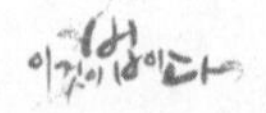

이걸 무시하자니 백 명 넘게 죽인 살인마이고, 실제로 녹음처럼 수술 중에 죽이는 건 얼마든지 가능하다.

더군다나 의학적 지식도 입에 담았으니 일반인이 장난칠 수는 없는 노릇.

"주변을 싹 털어 보자고. 아마 재미있는 일이 벌어질 거야."

노형진은 차가운 눈빛으로 말했다.

⚖

얼마 후 인터넷에는 변조된 목소리의 녹음 파일이 첨부된 글이 올라왔다.

익명으로 올라온 글이었지만 그 내용은 충격적이었다.

접대 중 술에 취해서 의사가 하는 말을 녹음했습니다. 보복 문제로 인해 제 목소리가 녹음된 부분은 삭제했습니다. 그리고 목소리를 들으면 누가 녹음했는지 특정이 가능해서 의사의 목소리도 변조했습니다. 비록 전면에 나설 수는 없지만 하늘에 맹세코 이건 사실임을 말씀드립니다.

익명으로 올라온 글은 대한민국을 발칵 뒤집었다.

그동안 의사는 단 한 번도 주요 사건의 피고인이 된 적이 없었다.

개별 사건의 피고인인 경우는 종종 있었지만, 의사 집단이 단체로 걸린 적은 없었다.

물론 진짜로 없는 게 아니라, 알면서도 의료계의 막강한 힘 때문에 모른 척했다는 것이 맞는 표현일 것이다.

'어차피 싸움은 피할 수 없어.'

대한민국은 전 세계에서도 의사가 부족한 나라 중 하나이다.

그리고 조만간 공공 의대 문제가 전면으로 나설 것이다.

'의사들이 그때 물러날 리가 없으니…….'

결국 싸워야 한다면 이쪽이 유리한 포지션을 잡는 것은 당연한 일. 그 때문에 노형진은 함정을 판 것이었다.

당연하게도 무섭게 퍼져 나간 이 녹음 파일은 의사들을 코너로 몰아붙였다.

—간호사들도 죽음의 천사라고 해서 살인마들이 있는데 의사라고 없을까?

—죽음의 천사는 간호사만 의미하는 건 아닙니다. 해외에는 의사 출신의 연쇄살인마 사건이 실제로 존재합니다.

—그런데 한국에서는 왜 지금까지 그런 사건 없었음?

—우리나라 의사들은 천룡인 아닌가? 누가 감히 건드림?

—하긴, 지난번에도 의사도 아니고 의대생이 강간했는데 훈방으로 끝내더라.

—집행유예라니까.

-그거나 그거나. 어찌 되었건 의대생도 그 지랄인데 의사에 대해 조사 참 잘하겠다. 그지?

인터넷에서도 의사들을 의심하는 분위기가 퍼져 갔고, 그 때문에 의사들은 침을 꼴깍 삼키고 있었다.

의협에서는 다급하게 주요 임원들이 모여서 이 문제를 이야기하기 시작했다.

"이거 어떻게 해야 합니까? 그냥 둬요?"

"그냥 둘 수는 없습니다. 의사의 명예가 실추되지 않습니까?"

"이건 조작입니다. 조작이 아니라면 저런 건 있을 수가 없어요."

"맞습니다. 질투하는 새끼들이 조작한 겁니다. 별것도 아닌 개돼지들 새끼들이 질투에 눈이 멀어 의사들을 음해하는 거야 하루 이틀 문제가 아니지 않습니까?"

살벌하기 그지없는 대화들.

대부분의 의사들은 저 녹음 파일이 조작된 것일 거라고 생각했다.

물론 그건 일반인을 멸시하는 까닭도 있지만, 아무리 그래도 의사인데 수백 건의 연쇄살인을 했다는 건 말이 안 된다고 생각했기 때문이다.

"인터넷에 삭제 요청은 하고 있습니다만……."

"그런데 왜 삭제가 안 되는 거야?"

"애매하답니다, 일이 너무 커져서 고의적으로 삭제하면 조작인 게 들킨다고."

"아니, 한두 해 조작해 주는 것도 아니잖아? 그런데 이번에는 왜 그러는데? 언제는 그런 것에 신경이나 썼어?"

"그게…… 오광훈 검사가 수사에 들어갔답니다."

그 말에 일부는 그게 누군가 하는 표정이었지만 일부는 똥 밟은 표정이 되어 버렸다.

"그놈이 누군데?"

"미친놈입니다. 권력이나 돈도 안 통하는 미친놈."

"그게 무슨 상관인데?"

"그 녀석은 수사할 때 주변도 족치는 타입이라서요. 골치 아프답니다."

만일 해당 내용을 조사했는데 사실로 드러날 경우에는, 오광훈의 성격을 생각하면 분명 인터넷 회사도 조사할 거라는 거다.

물론 글을 삭제하거나 검색어를 조작한다고 해서 그들이 살인죄를 뒤집어쓰거나 하는 일은 없다.

하지만 그렇다고 해도 나름 자기들도 걸리는 게 있다 보니 꺼림칙한 것이다.

"솔직히 그렇지 않습니까?"

"……."

다른 의사들도 말은 하지 않았지만 사실 다들 꺼림칙한 게 문제였다.

의사로서 사람을 죽이는 살인마?

사실 그건 여기에 있는 의사들에게는 큰일이 아니다.

다들 자신이 아니라는 것을 알고 있으니까.

입으로는 의사들의 사기 문제를 떠들고 있지만, 사실 살인마를 잡아야 한다는 것도 알고 있다.

문제는 그 조사 과정이다.

세상에 털어서 먼지 안 나오는 사람은 없다고, 여기에서 한자리씩 맡은 사람들을 털어 보면 먼지 정도가 아니라 온갖 쓰레기가 쏟아질 터였다.

물론 현행법상 별건 수사는 불법이기는 하다.

하지만 그건 어디까지나 죄를 만들어서 수사하는 것과 관련된 것이다.

가령 살인으로 조사하다가 난데없이 '너 강간했지?' 하면 그건 별건 수사로 분류되어 불법행위로 취급되지만, 살인을 수사하던 중 계좌를 열어 보니 이상한 자금의 흐름이 발견되어서 파고들었더니 사기가 발견되면 별건 수사가 아니다.

수사 중에 다른 범죄행위가 발각된 거지.

문제는 의사들, 특히 약을 선택할 수 있는 교수급 중에 회사로부터 로비받지 않은 놈이 없고 돈을 받지 않은 놈이 없다는 거다.

더군다나 로비는 회사로부터만 받는 것도 아니었다.

의사들의 꿈의 직장은 대학 병원 또는 종합병원이다.

그곳에 들어가면 일단 권력을 쥘 기회도 있고, 설사 나온다고 해도 어디 어디 종합병원 출신이라는 타이틀은 어딜 가나 먹히기 때문이다.

그리고 신뢰 관계가 완성된 환자들은 그가 다른 병원으로 가거나 개인 병원을 오픈하면 따라가는 성향이 있기 때문에 당연히 오픈한다고 해도 병원이 망할 가능성이 훨씬 적어진다.

그렇다 보니 변호사들이 전관을 노리는 것처럼 큰 병원에 남아서 이름을 얻으려고 한다.

문제는, 자리는 극도로 한정되어 있고 당연히 지원자들은 넘쳐 난다는 것.

그래서 실제로 교수들에게 뇌물을 주는 사람들도 있고, 일부 질이 좋지 않은 교수들은 성 상납을 요구하기도 한다.

더 큰 문제는 교수들이 그렇게 자리를 꽉 잡고 과실을 빨아먹고 있는 와중에 이렇게 외부에서 수사가 들어오면 당연하게도 투서가 속출한다는 것이다.

내부에서 만날 투서해 봐야 의료계에서는 투서한 놈을 잡아서 족치지, 교수들은 절대 건드리지 않는다.

하지만 검찰이라면 이야기가 다르다.

투서를 기반으로 조사에 들어갈 테니, 질이 좋지 않은 교수들이라면 그 자리를 지키지 못할 가능성이 아주 농후했다.

그렇기에 그 자리의 극한, 즉 의사들 사이에서 권력의 핵심에 있는 의협의 임원으로서는 자신들의 자리를 직접적으로 위협하는 검찰의 수사를 마냥 두고만 볼 수는 없는 노릇이었다.

"일단 우리 쪽에서 항의하고 수사를 막아야 합니다."

"차라리 진짜 범인을 찾는 건 어떻습니까?"

"의사가 한두 명이 아니지 않습니까? 우리가 조사한다고 하면 그들이 협조하겠습니까?"

"그거야 그런데……."

의협 회장의 말에 다른 임원 한 명이 의견을 냈다가 결국 입을 다물었다.

사실 자기들이 조사한다고 한들 진짜 범인을 찾아내는 것은 불가능하다는 걸 알고 있기 때문이다.

"거기다 조사해서 진짜라고 드러나면? 어떤 일이 벌어질지 몰라서 그래요? 내가 말해 줘요? 환자 하나 죽기라도 하면 유가족들이 죄다 살인으로 고소부터 넣을 겁니다."

의료사고가 아니다, 사실은 의사가 살인마라는 식으로 고소가 들어갈 테고, 의사들은 점점 더 압박을 받을 수밖에 없다.

"물론 그거야 우리가 덮을 수 있겠지요. 그런데 그때마다 우리 생활이 다 털릴 텐데? 그건 어떻게 할 겁니까?"

돌려서 말했지만 회장이 하는 말은 간단했다.

그렇게 계속 조사가 들어오면 돈은커녕 접대 한번 받지 못하고 수도승처럼 살아야 하는데, 그럴 자신이 있느냐는 거다.

당연하게도 의사들은 그렇게 살아야 한다는 것을 용납할 수가 없었다.

"막아야지요. 의사들의 자존심과 사기를 건드리고 허위 사실을 파고드는 경찰과 검찰의 수사를 막아야지요."

"내일 정식으로 발표하고 항의 방문을 합시다."

그렇게 의기투합하고 있었지만, 그들은 그 모든 것을 노형진이 예상하고 있다는 것을 전혀 알지 못하고 있었다.

⚖

-이번 사건은 의료계에 압력을 가하려는 일부 범죄자들의 수작입니다. 의료인들은 지금 이 순간에도 양심과 신념을 가지고 활동하며 수많은 사람들을 구하고 있습니다. 그런데 인터넷상에 돌고 있는 누구인지도 모를 변조된 녹음 파일 하나만을 믿고 대한민국 의사들의 사기를 깎다니, 저희는 절대 용납할 수 없습니다.

"얼씨구? 말은 잘하네?"

오광훈은 뉴스에서 의협의 회장이라는 작자가 떠드는 걸 보면서 혀를 끌끌 찼다.

"네 예상대로네. 순순히 조사받지 않을 모양인데."

"당연한 거 아냐? 누구인지 알 수 없잖아."

인터넷에 퍼진 녹음 파일은, 들어 보면 수술하는 외과 쪽 의사라는 것 말고는 알 수 있는 게 없다.

당연히 검찰의 수사는 외과로 향했는데, 문제는 학과의 특성상 수사받는 장소가 대형 병원이라는 거다.

"더군다나 그 병원이 어디인지도 안 나왔거든."

그렇다 보니 전국에 있는 대형 병원에서 수술 관련 기록들을 검토할 수밖에 없었다.

"그런데 그중에 의사들의 과실이 과연 전혀 없을까?"

"아하! 그런 게 있겠네."

"그래, 어찌 되었건 백 건이 넘는 살인이 관련된 일이야. 네가 설레발쳤지만, 조사를 너만 할 것 같아?"

"응? 그건 또 뭔 소리야?"

"서울에만 종합병원이 있는 게 아니라구."

물론 서울에 종합병원이 가장 많다.

서울에 인구가 가장 많으니 그거야 당연한 일.

하지만 종합병원급 병원은 전국에 퍼져 있다.

"그들을 다른 검사들이 조사하지 말라는 법은 없지."

"그건 그렇지. 애초에 그럴 수밖에 없고…… 아하!"

관할이 다르니, 당연한 일이지만 의사들 입장에서는 죽을 맛이다.

아마도 수술이 필수적인 주요 학과들은 죄다 조사받고 있을 것이다.

노형진이 검찰의 체질을 확실히 개선한 덕에 지금은 검사들이 능력이 있으면 위로 올라가는 시대다.

과거처럼 인맥과 뇌물 그리고 사건 조작으로 승진하는 게 아닌, 확실한 능력의 시대.

"당연히 다른 검사들도 미친 듯이 파고들고 있지."

실제로 스타 검사들은 현재 승승장구하고 있는 상황.

오광훈만 해도 주변에서 지검장은 당연하다고 할 정도니까.

"내가 왜 방송에 내보낸 건데? 단순히 인터넷 여론을 조종하려고? 아니야. 아무리 힘이 있다고 해도 틀어막는 데에는 한계가 있거든."

물론 힘을 가진 거대 기업이라면 막을 수 있을지도 모른다.

하지만 현실적으로 의사들은 모임이지, 하나의 기업이 아니다.

의협이 힘을 발휘하기는 하지만 그건 어디까지나 상위의 지휘에 따라 움직이는 거다.

"대기업처럼 일사불란하게는 못 움직이지."

대기업은 뭔가를 막기 위해 언론에 100억쯤은 우습게 뿌릴 수 있겠지만 한낱 집단인 의협은 그러한 돈을 뿌리는 데 한계가 있다.

"그러니까 전국에 있는 의사들이 다 털리고 있을 거다 이거지?"

"맞아. 그리고 그 결과 나온 게 이거지."

노형진은 화면을 톡톡 쳤다.

의사들의 항의. 어떻게 보면 저들이 할 수 있는 유일한 선택지다.

“그리고 이제 네가 전면에 나설 시간이다.”

“응? 뜬금없이? 내가?”

“그래. 고름을 짜내기 위해서는 그걸 터트려야 하거든.”

아프고 힘들겠지만, 그걸 그대로 두면 목숨까지 위험해진다.

“너랑…… 아니지, 의사들과 검사들의 대립각을 만들 거야. 네가 전면에 나서서 반박하면 의사들의 선택지는 점점 좁아지니까.”

노형진의 말에 오광훈은 고개를 갸웃했다.

“이해가 안 가는데.”

“지금은 이해가 안 가도, 해 보면 알아. 내가 언제 틀린 말 했어?”

“아니.”

노형진의 말에 오광훈은 길게 생각하지 않았다.

노형진에게는 언제나 이유가 있었다.

그리고 언제나 길을 찾았다.

“나는 그냥 거기를 열면 된다는 거지?”

“오케이.”

“좋아, 그런 게 내 전문이지.”

오광훈은 우두둑거리면서 손을 풀었다.

“오랜만에 입 좀 털어 볼까? 후후후.”

―이번 의사들의 발표에 심히 우려를 표하는 바입니다. 의사들이 사람들의 목숨을 책임지고 있다는 사실은 저희 역시 충분히 인지하고 있으며 그에 대해 신경을 쓰고 있습니다. 하지만 저희 검찰은 다른 의미로 국민들의 목숨과 안전을 책임지고 있습니다. 현재 수사 중인 사건은 이론상 충분히 가능한 것입니다. 저희가 원하는 것은 모든 의사들의 사기 저하가 아니라 살인마의 체포일 뿐입니다. 국민들은 바보가 아닙니다. 의사들 중에 혹시 있을지 모르는 살인마를 추적한다고 해서 그게 모든 의사들에 대한 국민들의 믿음과 지지를 무너트린다고 볼 수는 없습니다. 도리어 이러한 행동이야말로 국민들의 지지를 의사들이 저버리는 행동이라 생각합니다. 이 사건에 대한 제대로 된 수사가 종결되지도 않았는데 안전하다고 검찰에서 방치해 버린다면, 과연 국민들이 진짜 안전하다고 확신할 수 있을까요? 굳이 살인마의 조사에 다른 의사들이 사기 운운하는 것은 말이 안 된다고 생각합니다.

오광훈의 기자회견은 모든 국민들의 공감을 받았다.

살다 보면 누구나 한 번은 수술을 받을 일이 생긴다.

태어나면서부터 죽을 때까지 단 한 번도 수술받지 않고 평온하게 살다가 죽는 사람이 그리 많겠는가?

설사 본인은 그런다고 해도, 다른 가족들이 죽을 가능성을 생각하지 못할 국민들이 아니다.

당연히 국민들은 해당 사건에 대해 제대로 확인해 주기를 원했다.

진짜로 범인이 있어서 그런 것이든, 아니면 인터넷에서 어떤 미친놈이 헛소문을 퍼트린 것이든 말이다.

"끄응……."

자우신은 신문을 보면서 신음을 흘렸다.

'이건 아무리 들어 봐도 나인데, 내가 언제 이런 실수를……. 아니야, 내가 아닐 수도 있어.'

기억에도 없고, 애초에 그걸 굳이 터트릴 놈도 없다.

설사 터트린다고 해도 자신의 목소리를 감춰 가면서 터트릴 이유는 전혀 없었다.

차라리 그냥 터트렸으면 자신은 저항도 못 하고 끌려갔을 테니까.

설마 노형진이 자신뿐만 아니라 부패한 의사들을 다 노린다고는, 그는 생각하지 못했다.

극도로 이기적인 그들에게 있어서 쓸데없이 분란을 만든다는 것은 이해가 안 가는 행동 중 하나였다.

"어떻게 생각하십니까?"

"네?"

"이번 오광훈 검사의 발표 말입니다. 이건 대놓고 우리와 싸우자는 소리 아닙니까?"

"그건 맞습니다. 사실상 우리와의 전면전을 선포한 겁니다."

의사들의 모임에 와 있던 자우신은 다른 의사들의 말에 고개를 끄덕거렸다.

'젠장, 망할 놈들.'

의사들이 저렇게 눈이 돌아간 이유는 단순하다.

시작은 연쇄살인이었지만 노형진의 말대로 다른 사건들이 추적당하거나 투서가 들어오기 시작했고, 벌써 세 명의 의협 임원에게 구속영장이 청구되었다.

물론 판사에게 뇌물을 주고 구속영장을 기각시키는 데 성공했지만 그렇다고 해서 무죄가 나온 것은 아니며, 가장 큰 문제는 다른 의사들에게도 리베이트나 기타 업무상배임 행위 조사가 점점 들어오고 있다는 것이었다.

"하지만 이건 공식적인 수사 아닙니까? 우리가 뭐라고 해야 합니까?"

"그래서요? 이대로 당하자고요? 다음번에는? 그리고 그다음번에는요? 우리는 대한민국을 이끌어 가는 리더입니다. 그런데 저 멍청한 검사 새끼들한테 끌려가서 개처럼 감옥으로 가자고요?"

자우신은 자극적인 말을 하면서 다른 의사들을 자극했다.

언제 자신에게 화살이 날아올지 모른다는 두려움 때문에 저도 모르게 그렇게 행동하고 있었다.

"검사 새끼들이 아무리 머리가 좋아 봐야 우리보다는 멍청

합니다. 그런데 우리가 왜 그렇게 당해야 합니까?"

"어허, 자 교수. 그건 위험한 말입니다."

누군가 말렸지만 자우신은 더더욱 거칠게 말했다.

"위험한 건 저놈들이 우리를 나락으로 떨어트리려고 작정했다는 거지요. 검사 놈들이 요즘 실적에 눈먼 거 모르십니까?"

"하지만 다른 것도 아니고 연쇄살인이오. 우리가 그걸 무시하는 건 결코 좋은 일이 아니오."

모든 의사들이 다 부패한 것은 아니다. 누군가는 검찰의 조사가 당연하다고 생각하고 있었다.

정확하게는, 대부분의 의사들은 검찰에서 조사해서 범인을 잡아야 한다고 생각했다.

문제는 그런 의사들은 대부분 권력도 힘도 없는 일반의라는 거다.

"이건 그냥 넘어갈 수 없는 문제입니다. 검사가 우리를 무시하는 거예요."

반면 자우신의 말에 동의하는 의사들.

이내 회의장은 두 집단의 싸움판이 되어 버렸다.

"그래도 정리할 건 정리하고 가야 합니다. 오광훈 검사가 한 말이 틀린 건 아니에요. 내부에 연쇄살인마가 있다는데 그냥 넘어갑니까?"

"벌써 수술 취소가 백 건이 넘었습니다. 이대로 가면 우리는 망해요."

"맞습니다. 이건 확실하게 정리하고 넘어가야 합니다."

상대적으로 생명과 거리가 좀 있는 정형외과 쪽은 환자들이 너도나도 수술을 포기하기 시작했다.

아파도 차라리 약을 먹고 버티겠다면서 말이다.

당연히 그쪽 의사들은 범인을 잡아서 정리해야 한다는 입장이었다.

그러나 다른 의사들은 달랐다.

"우리의 힘을 보여 줘야 합니다. 그냥 당할 수는 없어요."

"여기서 우리가 물러나면, 뭔 일만 터지면 살인마라고 수사가 들어올 겁니다. 진짜 죄다 살인으로 감옥에 가고 싶어요?"

"어디 개돼지 새끼들이 은혜도 모르고."

당장 자기 자리가 위험한 의사들은 너도나도 극단적 방법을 써야 한다고 주장하고 나선 것이다.

"파업합시다. 우리가 얼마나 소중한 존재인지 사람들도 알아야 합니다."

자우신의 말에 회의장은 더더욱 시끄러워졌다.

"미쳤습니까? 수사를 방해하자고 파업한다고?"

"아니, 국민들한테 무슨 소리를 들을지 몰라서 그래요?"

반대파 의사들은 어이가 없다는 듯 소리를 질렀지만 나머지는 격하게 그 말을 환영했다.

당연히 그들은 누군가 총대를 메어 주기를 원했고, 자우신은 그걸 알기에 파업 이야기를 꺼낸 것이다.

"자, 자! 조용! 이 문제는 표결로 합시다."

의협의 회장은 마치 중립이라도 지키듯이 말했다.

"이건 정치적으로 위험부담이 있는 행동입니다. 하지만 우리가 이렇게 당할 수는 없는 노릇이지요. 표결에 따라 파업 여부를 결정합시다."

자우신은 미소를 지었다.

이미 답이 나와 있다는 걸 알고 있었기에.

⚖

"가관이다, 진짜."

얼마 후 뉴스에는 해당 소식이 전해졌다.

의사들의 파업 뉴스.

찬성률 88.9%로 의사들이 항의 차원에서 파업한다는 것이었다.

기간은 사흘의 한시적인 파업이었지만 그래도 그사이에 한국의 의료 시스템은 완전히 정지될 것이다.

"미친 거 아니야? 파업을 한다고? 연쇄살인범 조사하는 걸 막겠다고?"

오광훈은 상상도 못 한 일이라는 듯 눈을 찌푸리며 거푸 물었다.

그러자 옆에 있던 임진기는 쓰게 웃었다.

"미안합니다."

"아니, 임 변호사님이 미안할 건 없는데, 이게 말이 됩니까?"

그나마 다행인 것은, 원래 역사에서 했던 파업과 다르게 응급실을 제외한 파업이라는 것이었다.

하지만 사람이 응급실에서만 죽는 게 아닌 만큼 결국 그들의 파업은 사람들의 죽음을 불러올 수밖에 없었다.

"시스템상으로 의사들이 손해 보는 건 없으니까."

"뭐라고?"

"저 88.9% 찬성률의 함정이 뭔지 알아?"

"뭔데?"

"투표에 참가한 의사는 전체의 채 10%도 안 된다는 거야."

"응? 그게 무슨 소리야?"

"대한민국에 있는 의사가 몇 명인데 파업 투표한다고 그 사람들이 병원을 쉬고 참여하러 가겠니?"

전자 투표나 전화 투표도 아니고, 제대로 종이로 투표해야 한다.

당연히 투표하고자 하는 의사는 그날 하루를 쉬어야 한다.

"투표는 서울에서 하지. 그러면 지방에 있는 의사들이 올라와서 할 것 같아?"

안 한다. 개인 병원이나 종합병원 이하의 작은 병원을 가진 의사들은 투표에 참석할 시간이 없다.

"대부분 참석할 시간이 안 나지, 현실적으로."

"무슨 말을 하고 싶은 거야?"

"이번 투표는 선관위 같은 데서 관리하는 그런 투명한 투표가 아니라는 거야."

결국 정해진 장소에서 정해진 시간에 투표해야 하는데, 그 투표에 참석할 수 있는 의협의 멤버들은 채 한 줌도 되지 않는다.

그리고 그들은 대부분 종합병원에서 일하는 의사들일 테니 선배 의사나 상관의 명령에 거절할 수가 없다.

"저들은 88%가 넘는 지지율로 의사들이 파업에 동의한 것처럼 이야기하지만, 사실 투표 참여율은 발표하지 않아. 하지만 실제 투표에 참여한 사람들을 보면 의협 멤버들을 기준으로 1% 정도 될걸."

"뭐? 그러니까 1%도 안 되는 숫자의 사람들이 참여해서 투표하고 그대로 따른다고? 그게 무슨 투표야?"

"그러니까 말장난인 거지."

대표성이라고는 전혀 없는 투표지만 현실이라는 게 그렇다.

"사실상 일종의 쇼입니다. 철저한 위계질서 때문에 위에서 오더를 내리면 아래에서는 저항을 못 합니다."

그렇게 말한 임진기가 한숨을 푹 내쉬며 한마디 덧붙였다.

"물론 할 사람은 하지만."

모두가 파업했을 때도 일부 의사들은 반기를 들었다.

하지만 그 숫자는 한 줌이 되지 않으니 문제였다.

"뭔 깡이야? 이러면 사람들이 의사들을 안 좋게 보는 거 모르나?"

"의사들은 손해가 없으니까요."

임진기는 떨떠름한 표정으로 말했다.

"그들이 파업해서 사람이 죽어 나가도, 현행법상 그들의 의사 면허를 취소할 수는 없습니다."

그들이 돈이 없어서 하루하루가 힘든 것도 아니고, 또한 누가 죽는다고 해서 피해를 입는 것도 아니다.

"그렇다고 해서 환자들이 의사를 찾지 않을 수도 없는 노릇이니까요."

임진기는 한숨을 쉬면서 말했다.

"결국 가야 합니다. 슬프게도 의료계에서는 경험이 절대적입니다. 실력이 좋다는 건 더 높은 자리에 있다는 걸 의미합니다."

"변호사랑 똑같네."

"응?"

"변호사가 아무리 개새끼라고 해도 이겨만 준다면 다 찾아가잖아. 그 어디지? 태양? 거기 미어터지는 거 봐라."

노형진은 쓰게 웃었다.

태양은 한국에서도 가장 유명한 로펌 중 하나다.

물론 실력으로도 유명하지만 인성으로도 유명한데, 돈만 준다고 하면 설사 악마라 해도 변론해 주기 때문이다.

말로는 누구나 공정하게 재판받을 권리가 있다고 주장하지만 그건 어디까지나 외부적인 모습이다.

피해자라고 해도 돈이 안 되면 가차 없이 버리고, 가해자라고 해도 돈만 주면 변론은 물론이고 권력을 이용해서라도 풀어 준다.

정확하게 노형진의 반대 포지션인 셈.

"그래, 네 말이 맞다."

노형진은 쓰게 웃으며 말했다.

"일단은 뭐 그쪽에서 뭘 하든, 이기는 건 우리야. 중요한 건 일단 파업했다는 거니까."

노형진은 씩 웃으며 말했다.

"웃음이 나와?"

"웃음이 나오지. 내 예상대로 이렇게 움직여 주니 얼마나 고마운지 모르겠다."

그 말에 오광훈이 멍청한 표정으로 노형진을 쳐다보았다.

"응? 그게 무슨 소리야?"

"지금까지의 일은 국민들의 지지를 우리 쪽으로 모으기 위한 과정이었을 뿐이야."

어찌 되었건 의사들은 오랜 시간 국민들의 신뢰와 지지를 받아 왔다. 그들의 실제 인성이야 어떻든 간에, 그들이 국민들의 목숨을 책임지고 있다는 것은 사실이니까.

"그에 반해 검찰은 아니지."

검찰은 만들어진 순간부터 국민보다는 권력자들을 위해 움직여 왔다.

그 때문에 지금 많이 바뀐 상황에서조차도 검찰을 믿는 국민들의 숫자는 채 30%가 되지 않는다.

"그래서 문제야. 싸우려면 국민들의 지지가 있어야 하거든."

노형진은 그래서 이번 사건을 기폭제로 삼은 것이다.

물론 몇 년 후에 공공 의대 문제로 충돌이 일어나고 결국 그 사건으로 인해 의사들이 신망을 잃어버리게 되지만, 사실 노형진 입장에서는 그때의 결과는 그다지 흡족하지 않았다.

'결국 의사들은 아무것도 손해 본 게 없었지.'

임진기의 말대로 의사들은 아무것도 잃지 않았다.

그 당시에 파업으로 인해 몇 명이나 죽었는지, 또 얼마나 많은 피해가 발생했는지 알 수 있는 게 없다.

애초에 조사 자체를 하지 않았으니까.

며칠간의 파업을 한 후에 의사들은 결국 파업을 철회했고, 모든 것은 흐지부지되어 원점으로 돌아갔다.

심지어 의사들을 고발했다가 이를 취하까지 해 버렸으니 의사들은 승리했다고 더욱더 환호했었다.

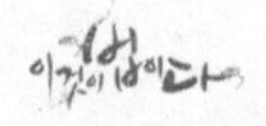

결국 공공 의대는 원점 재검토라는 결과가 나왔다.

의사들이 승전보를 올린 셈이다.

언론에서는 의사들이 진 것처럼 표현하기는 했지만, 현실적으로 의사들이 손해 본 건 전혀 없으니 결국 의사들의 승리라 할 수 있었다.

그들의 목적은 공공 의대의 불허였고 그걸 이뤄 냈으니까.

물론 의대생들이 시험을 보지 않아서 그 문제로 시끄러웠지만, 그건 어디까지나 의대생들이 1년 뒤에 시험 보면 되는 일이었다.

의사 국시는 상대평가가 아니라 절대평가다.

즉, 일정 점수 이상을 따면 무조건 합격이라는 거다.

사실 사람들이 기억을 잘 못 해서 그렇지 의사들의 파업은 생각보다 자주 있었다.

그들은 자신들에게 불리하거나 이익이 생길 만한 일이 있으면 국민의 목숨을 인질 잡아서 파업했었다.

실제로 과거에는 의료 파업을 통해 재시험을 본 사례가 실제로 존재할 만큼, 의료계는 국민의 목숨을 인질 삼아서 권력자로 군림해 왔다.

'이번에는 그렇게 둘 수 없지.'

한 번이 두 번이 되고, 두 번이 세 번이 되며, 세 번은 버릇이 된다.

그걸 알기에 노형진은 고의적으로 이번에 고름을 터트릴 생각이었다.

그래야 나중에 공공 의대를 만들 때 잡음이 덜하고 국민들의 안전이 확보되기 때문이다.

"일단 지지를 얻었으니 제대로 싸워 봐야지."

"하지만 무슨 수로? 애초에 뭐로 싸워? 의사들을 단체로 잡아들일 수도 없는 노릇이고."

"맞습니다. 아직 행정명령이 발동되지 않았습니다."

의사들이 파업하는데 정부에서 마냥 손 놓고 있는 것은 아니다.

업무 복귀 행정명령을 통해 그들을 강제로 일하도록 만들 수 있다.

'문제는 지키지 않아도 그만이라는 거지.'

실제로 파업 당시에 정부는 복귀 행정명령을 내렸지만 의사들은 거부했고, 나중에 고발을 취하함으로써 정부 스스로 그 행정명령이 의미도 없는 쓰레기라는 걸 증명했다.

노형진은 그렇게 애매한 방법으로 의사들의 권력에 고개를 숙일 생각이 없었다.

"제가 노리는 건 좀 더 근본적인 겁니다."

"좀 더 근본적인 거라뇨? 그게 무슨……?"

"임 변호사님, 지금부터는 사실대로 말씀해 주세요."

"어떤 걸 말입니까?"

"선발대, 있지요?"

"네?"

"의사 국시 말입니다. 선발대 존재하지요?"

임진기는 순간 당황한 눈치였다.

'그렇겠지. 거의 알려지지 않은 거니까.'

선발대. 한국 의료계의 가장 고질적인 문제다.

"그게……."

"지금은 변호사이십니다, 의사가 아니라. 의사로서 그들에게 실드 치실 거라면 이번 사건에서는 이쯤에서 빠지세요."

노형진의 일침에, 고뇌하던 임진기는 한숨을 푹 내쉬었다.

"후우…… 네, 맞습니다. 선발대는 존재하지요."

"그리고 그걸 누구도 뭐라고 하지 않고요?"

"네. 씁쓸하게도 그렇습니다."

"선발대? 뭔데? 뭐 하는 건데?"

그게 뭔지 모르는 오광훈은 어리둥절한 표정으로 물었다.

임진기는 뭔가 변명하려는 듯 입을 열다가 얼굴을 확 붉히면서 그대로 고개를 숙였다.

자신이 생각해도 변명의 여지가 없는 일이었으니까.

"선발대가 뭐냐고? 간단해. 커닝이지."

"커닝? 뭔 커닝?"

"의사 국시를 볼 때 하는 커닝."

"뭐? 아니, 뭔 개소리야? 의사 국시를 커닝한다고?"

"그래. 그들의 끼리끼리 문화의 가장 큰 핵심이기도 하고."

의사 국시는 치밀하게 이루어진다.

의사 국시는 일반 서술과 실기 시험으로 이루어지는데, 서술 시험이야 문제가 안 된다.

각자 배운 것을 시험 문제에 맞춰서 풀어내면 그만이니까.

"문제는 실기 시험이야."

"그게 왜 문제야?"

"인간의 몸은 반응 패턴이 비슷하거든. 같은 증상을 보이는 질병만 수십 가지지."

감기에 걸려도 목이 붓고 편도선이 부어도 목이 붓는다.

위장이 안 좋으면 소화가 안 되고 췌장이 안 좋아도 소화가 안 된다.

몸살이어도 몸이 으슬으슬하고 떨리지만 질병이어도 그럴 수 있다.

행동 패턴은 하나지만 그로 인한 경우의수는 어마어마하게 많다.

"문제는, 그런 수많은 경우의수를 시험 볼 때 다 알기에는 실력이 부족한 의사들이 많다는 거야. 그럴 때 선택하는 게 커닝이지."

"뭔 개소리야? 사람 목숨을 쥐고 움직이는 놈들이 왜 커닝을 해? 그리고 그게 가능해? 그 옆에서 듣고 따라 하게 그냥 둬?"

"법의 형평성을 이용한 구멍입니다."

결국 임진기는 결심한 듯 조심스럽게 입을 열었다.

"선발대……라는 게 있습니다. 쉽게 말해서 학교에서 제일 공부를 잘하는 멤버들로 구성되지요. 저도 선발대 소속이었습니다."

"그들이 뭘 하는데요? 먼저 시험이라도 봅니까?"

"네. 이걸 이해하시려면 우선 시험 방법을 아셔야 하는데……."

아무리 의사를 선발하는 시험이라지만 진짜로 환자를 데리고 오지는 않는다.

"실기 시험에서는 환자를 직접 보는 게 아니라 연기자에게 증상을 연기시킵니다."

연기자들이 특정 증상을 연기해 보임으로써 의사의 진단 능력을 테스트하는 것.

그게 바로 의사들의 실기 시험이다.

"선발대를 공부 잘하는 사람들 위주로 구성하는 이유가 바로 그겁니다."

공부를 잘하면 당연히 그러한 분류도 잘한다.

증상의 세세한 차이도 알아볼 수 있기 때문이다.

환자 역을 하는 사람은 절대 자세한 정보를 제공하지 않는다.

기본적으로 환자가 할 수 있는 말을 하고 거기서 끝.

환자에게 추가 증상을 물어보면서 질병을 확정하는 것은

순전히 수험생의 능력이다.

가령 폐렴으로 연기하는 경우 연기자가 주는 정보는 기침이 나온다는 정도.

더 구체적인 정보들, 즉 기침의 빈도와 강도 그리고 가슴의 통증 등을 정확히 확인해서 폐렴을 확정하는 것은 시험을 보는 의대생의 능력이다.

"그거랑 뭔 관계인데요? 질병이 한두 개도 아니고."

"질병이 한두 개도 아니지만, 시험에서 모든 질병을 다 쓸 수는 없으니까요. 형평성이라는 게 있으니까."

"그게 무슨 소리입니까?"

"이 실기 시험은 한꺼번에 보지 않습니다."

시험을 몇 차례에 걸쳐 일주일 간격으로 치르는 식으로 이루어진다.

"그런데 여기서 커닝이 이루어집니다."

선발대가 환자들의 증상을 기억해 놨다가 그게 어떤 질병인지, 그리고 어떤 증상인지 다음에 시험 보는 사람들에게 알려 주는 거다.

병과 증상은 수천 가지지만 그걸 모두 다 적용할 수는 없는 노릇.

연기자들이 다 기억하는 것도 힘들거니와 시험의 형평성의 문제도 있다.

초반 수험생에게는 단순한 감기에 대해 물어본 다음 후반

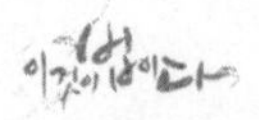

수험생에게는 100만 명 중 한 명에게 나타날 정도로 극도로 희귀한 유전 질환을 물어볼 수는 없으니까.

"그래서 시험을 볼 때는 정해진 패턴을 만들어 둡니다, 이번 실기에서는 어떤 질병의 증상을 가지고 시험을 본다는."

그제야 시험에 대해 이해한 오광훈은 손을 좌우로 움직이며 말했다.

"그러니까 1차에서 선발대가 외운 걸 이후에 시험 보는 놈들이 넘겨받아서 익힌 다음 시험을 본다?"

"네, 그렇습니다. 그러다 보니……."

임진기는 말하다 말고 긴 한숨을 내쉬었다.

"웃기게도 실력이 나쁠수록 합격률이 더 높아집니다."

"아니, 그게 뭔 소리입니까?"

"실력이 진짜 좋은 학생들은 선발대가 됩니다."

가장 먼저 정보 없이 시험을 보고 그 정보를 넘겨준다.

그렇다 보니 어떤 문제가 나올지 몰라 한 번의 실수로 그대로 떨어지는 일이 발생하기도 한다.

물론 그걸 막기 위해 공부를 잘하는 사람들을 전면에 내세우지만, 그래도 사전 정보가 전혀 없다는 것은 치명적이다.

"하지만 그다음에 시험을 보는 사람들은 점점 정보가 늘어나지요."

시험을 거듭할수록 점점 정보는 늘어나니 그만큼 시험에서 떨어질 가능성은 낮아진다.

"당연히 실력이 부족한 사람은 뒤에 배치해서 더 많은 정보와 더 많은 시간을 줍니다."

시험 범위가 점점 줄어드는 대신 공부할 시간이 늘어난다면 나중에 시험 보는 사람이 더 유리한 것은 당연한 일.

"으음……."

"그리고……."

임진기는 고민하는 듯하더니 결국 조심스럽게 입을 열었다.

"맨 뒤에 배치되는 것은 대부분 권력자의 자식들입니다."

"권력자의 자식요?"

"마지막 순서가 되면 거의 떨어지지 않게 되니까요."

정보는 넘치고 공부할 시간도 충분하다.

그러니 그 시간 동안 다른 전문 교수가 붙어서 집중 교육을 한다.

그러다 보니 뒤쪽에 배치된 권력자의 자식들은 시험 성적 순으로 정렬했을 때 무조건 최상단에 위치하게 된다.

"보통 힘없는 애들이 선발대가 되어 선두에 서게 됩니다."

"공부 잘하는 애들이라면서요?"

"그건 기본적으로 맞습니다. 하지만 아무런 정보가 없지 않습니까?"

아무리 공부를 잘한다고 해도, 누가 정보도 없이 시험을 보고 싶어 하겠는가?

"어떤 집단이나 마찬가지야. 무슨 수를 써서라도 권력을 승계하려고 하지. 판검사들은 로스쿨을 걸레짝을 만들어서라도 자식에게 똑같이 판검사 자리를 주려고 하고, 의사들은 이런 짓거리로 똑같이 자식을 의사로 만들려 하지. 멀리 갈 필요도 없이 두한자동차를 봐, 그곳이 얼마나 개판이었는지."

두한자동차.

이제는 대룡자동차가 된 그곳은 경험도 없는 자기 자식들은 데려와서 정규직을 시켜 주면서 20년 넘게 근무한 비정규직은 사람 취급도 하지 않았다.

대룡에 넘어가고 나서 그들이 요구한 것 중 하나가 바로 직원의 선발권. 그러니까 자기들 마음대로 대를 이어서 권력을 승계하려고 했던 것이다.

노형진이 나서면서 모든 게 다 망가졌지만 말이다.

"하물며 다른 노동자보다 돈을 좀 더 번다는 이유로 그런 일이 벌어지는데, 의사라고 뭐가 다르겠어?"

"이런 미친……. 그걸 지금까지 그냥 뒀다고?"

"국시원은 그렇게 보고 있지."

"국시원은 누군데?"

"'누군데?'가 아니라, 한국보건의료인국가시험원의 약자다."

쉽게 말해서 한국의 보건 의료 분야의 전문가를 뽑는 시험을 관리하는 단체다.

"아니, 그놈들은 미친 거야? 그걸 알면서도 왜?"

"미친 게 아니라 당연한 거다. 의사는 특수직이야. 그걸 시험 내고 관리할 수 있는 게 누구 같아?"

"아……."

당연히 의사다.

법을 모르는 일반인이 사법시험 문제를 낼 수 없듯이 의사 국시 역시 의학을 모르는 일반인이 낼 수는 없다.

당연히 한국보건의료인국가시험원. 줄여서 국시원은 의사들이 관리할 수밖에 없는 구조인데, 애초에 수십 년 동안 그러한 부정행위로 선발된 의사들이 과연 깨끗할까?

"더러운 커닝으로 의사가 된 놈들이 참 깨끗하겠다. 그치?"

노형진의 말에 임진기는 얼굴이 붉어졌다.

사실 그런 실기를 일주일씩이나 시간을 주고 몇 차례로 나눠서 본다는 것 자체가 논리적으로 말이 안 된다.

사람이 부족하다면 사흘로 연장해서 봐 버리면 된다.

사흘 동안 연속해서 보는 것이나 일주일에 한 번씩 3주 보는 것이나 사흘이 필요한 건 똑같다.

그럼에도 불구하고 시험이 그따위가 된 것은 의사들의 안락함과 편의를 위해 그렇게 요구되었기 때문이다.

"어…… 그러고 보니 이해가 안 가는 게 있는데."

"뭐가?"

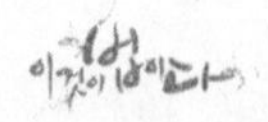

"선발대는 공부를 잘하는데 가난한 애들 위주로 채운다면서?"

"그렇지."

"그게 말이 안 되잖아. 세상에 어떤 시험이 시험 대상의 일정을 랜덤도 아니고 자기 마음대로 보게 해 줘?"

"한국 의사 시험이."

노형진이 아주 당연하다는 듯 말하자 오광훈은 똥 씹은 표정이 되었다.

"그러니까 형진이 네 말은, 애초에 의사 시험 자체가 합격하기 위해 조직적으로 만들어졌다는 거지?"

"맞아."

노형진은 고개를 끄덕거렸다.

"현실이 그렇지. 왜 의사들이 제대로 저항 못 하는지 알아? 매사 이런 식이거든."

실력이 있어도 가난하거나 힘이 없으면 선발대로, 희생양으로 내몰린다.

반면에 교수 입맛만 잘 맞추면 실력이 없어도 3차쯤 뒤로 빠져서 정보를 다 얻은 후에 쉽게 합격할 수 있다.

그러니 의사를 지망하는 학생들은 교수에게 절대복종할 수밖에 없다.

'내가 진짜 얼탱이가 없어서.'

실제로 모 의사 커뮤니티에 올라온 글 중에 그런 글이 있었다.

환자들은 와서 어디 어디가 아프다고 계속 이야기하는데 자기는 아는 게 없어서 뭐라는지 모르겠다고, 자신이 해 줄 수 있는 건 그냥 진통제와 항생제를 처방해 주는 것뿐이라고.

물론 어지간한 병은 그런 걸로 해결된다.

사람의 신체 회복 능력은 대단하니까.

하지만 중요한 질병은 하루라도 빨리 큰 병원에 가서 검진받고 전문적인 치료를 받아야 한다.

"너도 살면서 많이 들었지? 큰 병원에 갔더니 왜 이제야 왔냐고 했다는 거."

"많이 들었지."

"그 사람이 과연 작은 병원에는 안 갔을까?"

"아, 씹. 확 와닿네."

작은 병원에 갔더니 '소화불량입니다.' 하고 소화제 몇 개 던져 주고 끝. 그런데 알고 보니 위암.

이런 사례들이 너무 많아서 셀 수가 없는 지경이다.

"위암 같은 주요 사례도 못 알아보는 의사들이 있는데 환자들이 뭘 믿고 작은 병원을 가냐?"

원래 정부에서는 작은 병원에 가서 질병을 확인하고 큰 병일 경우 대형 병원으로 가라고 홍보한다.

하지만 현실은 정반대다.

일단 큰 병원에 가서 그곳에서 별거 아니라고 하면 작은 병원으로 옮겨 가는 게 안전하다고, 사람들은 생각한다.

큰 병원에서는 시간은 오래 걸리지만 대신 죽을병을 키우게 내버려 두지는 않으니까.

"내가 노리는 건 바로 그 부분이야. 일단 그 부분부터 때리기 시작하면 아마 의사들도 똥줄이 탈걸."

노형진의 말에 임진기는 그가 뭘 노리는지 알아차렸다.

"무효를 노리시는 거군요."

"잘 아시네요. 취소는 못 하게 장난질해 놨으니 그 면허 자체를 무효로 만들어야지요."

취소와 무효는 조금 다르다.

취소는 유효하게 성립된 법률행위의 효과를 소멸시키는 것이기에 그로 인한 책임이 없다.

하지만 무효는, 원인인 법률행위 자체에 효과가 없기에 책임을 져야 한다.

쉽게 표현하자면, 의사 면허 자체가 취소되면 그 이전에 한 모든 의료 행위는 합법이고 그 이후에 하는 행위만 불법이다. 하지만 무효가 되면, 지금까지 한 모든 의료 행위가 불법이 되어 버린다.

"무효? 이게 무효가 된다고?"

"기본적으로 불가능한 건 아니지."

무효의 원인에는 여러 가지가 있다.

그중 하나가 바로 범죄행위로 인해 성립된 자격이다.

"기본적으로 커닝이나 기타 범죄행위를 통해 자격을 취득하면 그건 무효지."

커닝이라는 것은 합격이라는 이득을 차지하기 위해 저지르는 범죄행위니까, 기본적으로 합격의 법률적 효과는 발생하지 않아 자연스럽게 취소가 아닌 무효가 된다.

"어……."

설명을 들으면서 점차 미묘하게 변하는 오광훈의 표정.

노형진은 오광훈이 알아듣지 못했다는 걸 직감하고는 다가가서 작게 물었다.

"너 못 알아들었지?"

"어."

"간단하게 말해 줄게. 이혼은 혼인의 취소. 어떤 놈이 나 몰래 혼인 신고하면 무효."

"아, 알았다, 알았어. 그러니까 처음 자격 취득에 문제가 있으면 무효라는 거구나."

"오케이! 정확해!"

노형진과 오광훈의 대화에 임진기는 고개를 살짝 갸웃했다.

설마 검사가 가장 기본적인 상식 중 하나인 취소와 무효를 모를 거라고는 생각도 못 했으니까.

다행히 오광훈도 노형진과 오래 일해서 그런지 다음에 노릴 곳이 어디인지 바로 알아차렸다.

"그러면 그 국시원을 먼저 노려야겠네?"

국시원은 분명 국가고시를 관리하는 곳이다.

그럼에도 불구하고 수십 년간 커닝을 알면서도 방치하며 의사들의 권력을 챙겨 줬다.

"맞아."

"오케이. 알았어."

오광훈은 씩 웃었다.

"공무원 터는 것이야 내가 전문이지, 음하하하!"

결국은 공무원이 문제

많은 사람들이 한 나라의 부패나 범죄의 발생 원인을 고민한다.

그래서 여러 가지 학설과 의견이 있지만, 노형진은 개인적으로 이렇게 생각한다.

결국 그 모두가, 공무원이 문제라고.

공무원은 한 나라의 토양이라고 볼 수 있다.

토양이 썩어 문드러졌는데 거기에 정상적인 작물이 자랄 수는 없다.

검찰이나 경찰이 제대로 일하는데 부패한 정치인이 나타날 수는 없고, 법원이 제대로 일하는데 대기업이 사람들을 등쳐 먹을 수는 없다.

하지만 그들이 이미 대기업과 범죄자에게 길들여져 있기에 나라가 나아지지 않는다고 생각하는 것이다.

이 순간만큼은 그러한 부패를 박멸했다고 생각했다.

그랬기에 더더욱, 지금이 아니면 기회가 없었다.

"야! 다 털어!"

갑자기 국시원을 털어 내기 시작한 검찰.

기습적인 증거 압수수색에 국시원 사람들은 당황해서 어쩔 줄 몰랐다.

"당신들, 뭐 하는 거야! 어? 이거 뭐 하는 짓이냐고! 당신들 뭐야!"

"검찰청에서 나왔습니다. 현 시간부로 여기 있는 모든 걸 다 압수수색 하겠습니다."

"아니, 지금 뭐라는 거야!"

"야, 하나도 남기지 말고 털어!"

한두 명도 아니고 백 명 단위의 검찰 지원들이 와서 털어 내자 거의 이삿짐 수준으로 서류에서부터 컴퓨터까지 증거가 나왔다.

"이게 뭐야?"

"무슨 일이야?"

국시원은 공공기관이기에 다른 단체들과 건물을 같이 쓰고 있었다.

당연히 압수수색이 진행되자 다른 단체의 직원들도 너도

나도 구경하러 왔다.

"자네 뭔가? 이거 뭐 하는 짓거리야!"

막 서류를 빼내고 있을 때 튀어나온 남자.

"너 뭐야?"

"오광훈 검사입니다."

"너, 내가 당장 전화해서 네놈 모가지를 날려 버릴 거야!"

"하아."

오광훈은 세상 물정 모르는 남자를 보면서 혀를 끌끌 찼다.

'가끔 이러더라.'

공무원들은 아무래도 범죄자가 아니다 보니 검사의 이름이나 특징에 대해 관심을 두지 않는다.

특히나 원장급쯤 되면 어지간한 검사는 아래에 두고 거들먹거린다.

물론 그건 틀린 말은 아니다. 일반적인 경우라면 말이다.

"김시습 원장님 맞으시죠?"

"이제야 알아보나? 감히 내가 누구인지 알고!"

"감히 당신이 누구인지는 잘 모르지만 앞으로 어떻게 될지는 잘 알지요."

"뭐?"

"영장이 나왔는데 당신한테는 연락이 안 갔습니다. 그러면 답 나온 거 아닙니까?"

순간 김시습의 얼굴에 당혹감이 스쳤다.

정상적인 상황이라면 영장이 청구되는 순간 연락이 왔어야 했다.

"김시습 원장님, 당신을 업무상배임으로 체포합니다."

오광훈은 수갑을 꺼내서 주저하지 않고 김시습의 손목에 채웠다.

"이거 뭐 하는 거야……. 이러고도 네가 멀쩡할 줄 알아?"

"응, 멀쩡해."

오광훈은 시큰둥하게 말하고는 부하에게 물었다.

"입구에 기자 좀 있냐?"

"네, 많습니다."

"좋아, 오늘 전면에 얼굴 좀 올려 보자."

그 말의 의미를 알아들은 김시습은 몸부림을 치기 시작했다.

"놔라! 놓으란 말이다!"

"아, 시끄럽고! 갑시다!"

부하 직원과 함께 양쪽에서 그를 잡고 질질 끌고 가는 오광훈, 그리고 가운데에서 몸부림치는 원장.

그건 기자들이 딱 원하는 그림이었다.

"원장님! 진짜로 의사들의 부정 시험을 방치한 게 사실입니까?"

"의협에서 수십억대 뇌물을 받았다고 하던데, 그 말이 사실인가요?"

"나는 억울합니다! 나는……!"

"의사들의 시험 시스템에 문제가 있다는 말이 들려오는데 그건 어떻게 생각하십니까?"

"나는 억울합니다! 나는 몰라요! 나는!"

끌려가면서 억울하다고 소리를 지르는 원장.

오광훈은 그런 원장을 차에 강제로 태워서 보내고는 돌아와 다시 기자들 앞에 섰다.

그러자 그 의미를 알아챈 기자들은 질문을 던졌다.

"오 검사님, 이번 사태에 대해 설명 좀 해 주십시오!"

"조용! 지금부터 이 상황에 대해 알려 드리겠습니다. 그러기 위해서는 일단 의사 시험 시스템이 어떻게 돌아가는지부터 아셔야 합니다."

오광훈은 천천히 지금 의사의 시험 시스템에 대해 말했다.

일부는 놀라는 표정이었지만, 다른 일부는 그다지 표정에 변화가 없었다.

'형진이 말이 맞네. 알고 있었네.'

의사들의 시험 시스템은 대부분의 국민들은 모른다.

하지만 현실적으로 공무원이나 기자 등은 알 수밖에 없다. 당연히 일부 검사들도 안다.

그럼에도 지금까지 그냥 둔 건, 의사들 역시 한국을 지배하는 권력의 일부라고 생각했기 때문이다.

권력자들은 서로를 터치하지 않는다.

싸우기 싫으니까.

당장 택시의 사납금만 해도 현행법상 불법이다.

하지만 여전히 대부분의 택시 회사에서 사납금을 요구하고 있다.

'대부분의 불법은 박멸 못 하는 게 아니라 안 하는 거다.'

그게 노형진이 가진 생각이었는데, 오광훈도 지금만큼은 동의할 수밖에 없었다.

"그러면 의사들의 그러한 불법행위로 인한 면허 취득 문제를 어떻게 하실 겁니까?"

"무효로 처리해야지요."

"네?"

"당연한 거 아닙니까? 대한민국에 그딴 식으로 보는 시험이 어디 있습니까? 심지어 운전면허 시험도 그딴 식으로는 안 봅니다. 불공정한 시험은 미래의 살인마를 키워 내는 행동입니다."

"살인마요?"

"그렇습니다. 직접적으로 사람을 죽이지 않는다고 해서 살인마가 아닌 건 아닙니다. 기자분께 묻죠. 의사가 자기 실력이 부족한 걸 알고 있습니다. 그런데도 기자분께서는 그 의사한테 목숨을 맡기고 수술하실 생각 있습니까, 그분의 실력 향상을 위해서?"

"……."

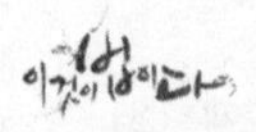

누가 미쳤다고 남의 실력 향상을 위해 자기 생명을 내주겠는가? 해부용 시신도 기증이 안 되는데 말이다.

“제가 말한 살인마는 고의적으로 살인하는 게 아닙니다. 미필적고의에 의한 살인. 내가 실력이 부족한 건 알지만 그래도 돈 욕심이 나서 수술하는 일부 의사들을 이야기하는 겁니다.”

“하지만 그러면 역대 의사들은 다 그 부정행위를 통해 합격한 게 됩니다만? 그 혼란은 어쩔 겁니까?”

오광훈이 그를 노려보았다.

‘그쪽이랑 붙어먹은 기자 새끼인가 보네.’

내부적으로 청소하긴 했지만 기자들을 100% 다 바꿀 수는 없기에 여전히 과거의 기자들이 있다.

그래서 이런 질문도 나올 수 있는 것이다.

오광훈은 그 기자에게 당당하게 답했다.

“전부는 아닙니다. 커닝을 한 사람들은 70% 정도입니다.”

“네?”

“일단 선발대는 커닝을 할 수가 없습니다. 아는 게 없으니까. 물론 문제를 제공한 부분에 대해서는 범죄의 혐의가 있기는 하지만, 커닝을 통해 문제를 푼 것과 그걸 제공한 건 혐의가 좀 달라서요. 그리고 모든 의대생들에게 다 문제가 제공되는 것은 아닙니다.”

교수에게 뇌물을 주지 못할 정도로 가난하든가 아니면 교수에게 찍혔다든가 하는 경우는 제외된다는 뜻이다.

"즉, 30% 정도는 순수하게 실력으로 붙은 의사들이 있다는 거죠. 그들은 정상적인 의사입니다."

"하지만, 그렇게 하면 의사들이 집단으로 반발을……."

"의사들은 지금도 파업하고 있습니다. 연쇄살인마 수사를 막으려고 저러고 있지요. 저 정도면 저들은 다 살인마 아닌가요? 그리고 툭 까고 말해서, 의협에서는 88% 이상의 찬성으로 파업했다는데, 제가 봐서는 종합병원 말고는 다 멀쩡하게 돌아가던데요."

당연한 거다. 자기들끼리 모여서 투표하고 그걸 전부라고 발표한 거니까.

그들의 눈치를 볼 일이 없는 개인 전문의들은 그냥 병원을 오픈하면 되는 거다.

"그러면 이만. 조사할 사람들이 많아서."

오광훈은 손을 흔들면서 자리를 떠났고, 기자들은 다급하게 기사를 송고하기 시작했다.

국시원이 털렸다는 소식은 의협에 당장 전달되었다.

그리고 오광훈, 아니 검사 측에서 시험을 노린다는 사실에 의사들은 완전히 똥줄이 타기 시작했다.

"이렇게 둘 수는 없습니다!"

"맞습니다! 어디 감히 개돼지 새끼들이……!"

"신성한 의사 국시를 건드리는 자에게는 죽음을 내려야 합니다!"

교수들은 난리가 났다. 사실 그럴 수밖에 없는 게, 의사 국시는 그들에게 중요한 일이기 때문이다.

커닝으로 발생하는 이득은 학생들만 보는 게 아니다.

현실적으로 교수들 역시 그 혜택을 보고 있다.

이게 무슨 소리냐면, 의대 교수로서 가르치는 것과 치료하는 것은 전혀 다르다는 거다.

경기를 잘하는 스포츠 선수가 무조건 감독도 잘한다는 보장은 없는 것처럼, 교수들도 마찬가지다.

당연히 가르치는 실력이 부족하면 잘려야 하지만, 커닝을 통한 합격 덕분에 그 실력이 드러나지 않아서 교수 풀은 언제나 거의 고정이었다.

"이건 우리에 대한 도전입니다. 대놓고 말하는 거 보셨지요? 살인마랍니다! 살인마!"

자우신은 다른 의사들을 자극했다.

처음에 녹음본이 풀렸을 때 혹시 자신의 것인가 걱정하며 초조해하던 그는 더 이상 그 목소리가 자기일 거라고 생각하지 않았다.

해서 전면에 나서서 다른 의사들은 선동해서 사건을 덮으려 했다.

"이대로 가면 우리가 힘들어집니다. 아시겠지만……."

"하지만 의료 시험 시스템이 잘못된 것도 있기는 합니다."

극히 일부 의사들은 그건 아니라고 생각했다.

"우리는 의사입니다. 사람 목숨이 걸린 일의 시험을 그렇게 대충 보는 건 좀……."

"오진의 가능성도 있고……."

"무슨 말을 하는 겁니까! 그래서요? 사랑스러운 제자를 모두 떨구자 이겁니까?"

"아니, 사랑스러운 제자를 떠나서, 그 녀석들도 나가면 의사로서 사람의 목숨을 관리해야 하는 놈들이라는 겁니다."

"그런 말 할 거면 나가요, 나가!"

"의사로서 자존심이 없어!"

그들은 어떻게 해서든 다른 의사들을 설득하고 상식적인 선에서 생각하게 하려고 했지만 애석하게도 대다수가 엄청나게 화만 낼 뿐이었다.

"이번 기회에 우리의 힘을 제대로 보여 줍시다!"

"맞습니다! 무기한 파업에 들어갑시다!"

"무기한 파업으로 우리가 얼마나 소중한 존재인지 느끼게 해 줍시다!"

대부분의 의사들이 찬성하고 나서자 저항하던 소수의 의

사들은 쓰게 웃을 수밖에 없었다.

⚖

"이게 뭔 개 같은 소리야?"

의사들의 무기한 파업 소식에 오광훈은 고개를 절레절레 흔들었다.

"살인 사건을 수사한다고 해서 파업한 건 그렇다고 쳐. 한시적 파업도 기가 막히는데, 무기한 파업?"

"네가 저들의 가장 치명적인 부분을 찔러서 그래."

노형진은 검사실의 소파에 앉아서 느긋하게 말했다.

"약점?"

"내가 면허 무효 이야기를 하라고 했잖아."

"응? 그랬지. 그래서 했고. 아하! 그게 약점이다?"

"그래."

수십 년을 의사로서 모든 걸 누리며 살아왔다. 그런데 그 모든 것이 한순간에 무효화되어 버릴 위기인 것이다.

"강하게 반격한다는 건 동시에 그만큼 그게 위험하다는 거지."

약점이 아니라면 그렇게 반격할 이유가 없다.

"실제로 무효가 되면 대한민국 의사들의 70%는 날아가니까."

"그런데 그게 가능해?"

"솔직히 말해서? 가능하겠니?"

의사의 70%가 날아간다? 그 말은 대한민국의 의료 시스템이 붕괴한다는 소리다.

"현실적으로 턱도 없지. 내가 원하는 것도 그게 아니고. 조사야 네가 하겠지만 아마 적당한 선에서 끝날 거야. 내가 봐서는, 시스템을 고치는 정도에서 끝나지 않을까?"

"그런데 왜 저 지랄이야?"

"결국 언론까지 탄 사건이야. 그러면 뭔가 실적을 보여 줘야 해. 그럼 실질적으로 교수급은 우리가 건드리지 못하지만, 그 아래에 있는 사람들은 난리가 나는 거지."

"아래?"

"인턴, 레지던트. 음, 보드랑 펠로우까지는 위험할걸."

사실 의사 국시에 합격하면 의사로서 활동은 가능하다.

하지만 제대로 의사 취급은 안 해 준다.

당연히 의사들은 실력을 쌓아서 더 높은 곳으로 가려고 한다.

그 첫 번째 단계가 바로 인턴이다.

레지던트와 함께 수련의, 혹은 전공의로 불리기도 하는데, 그들은 임상 수련을 하고 수련 가능한 병원에 취업해서 실력을 쌓게 된다.

"그런데 그런 병원의 숫자가 많지 않거든. 거기에서부터 쉽게 말하는 족보가 나뉘는 거지."

백이 없으면 그러한 병원에 들어가서 인턴 생활을 하는 것부터가 고난이다.

병원에서 고생하는 의사들의 대부분은 인턴이라고 보면 된다.

영혼을 갈아 넣는 단계라고나 할까?

"그다음이 레지던트."

레지던트는 전공과목을 선택해 수련하는 인턴 다음 과정이다.

"거기서 안과, 비뇨기과, 내과 등등으로 갈리지."

나가서 전문적인 병원 하나 차리려면 레지던트로서 전공을 익혀야 한다.

그리고 그다음이 보드라고 불리는 전문의 과정.

전문의 자격시험에 합격한 단계이고, 이후에 개업의나 의대 교수 과정을 밟게 된다.

전문의가 아니면 해당 질병에 대한 공식 소견서를 발급할 수가 없을 정도로 강력한 힘을 가지게 된다.

그다음이 펠로우, 즉 전임의.

"여기서부터는 강사로 나가거나 하지. 교수가 되기 위한 과정이야."

마지막이 스텝이라 불리는 교수직이다.

"문제는 말이야, 레지던트까지는 힘이 없다는 거야. 아니,

사실 펠로우까지는 거의 파리 목숨이지."

"파리 목숨?"

"그래. 의사들은 철저하게 승자 독식 시스템이거든."

물론 개원의가 되면 나름 돈을 벌기는 하지만 교수급과는 비교도 못 할 정도다.

"그래서 다들 교수가 되려는 거고. 결국 희생양이 필요한 상황이야."

그렇다면 그 희생양은 누가 될까?

"대한민국의 전통은 아래부터 책임지는 거."

노형진은 씩 하고 웃었다.

"당연히 누군가는 살기 위해 몸부림치는 법이지."

그리고 그 몸부림이 새로운 미끼를 불러올 거라는 걸, 노형진은 알고 있었다.

수사를 할 때 가장 먼저 시작하는 건 아래부터다.

위를 수사하려고 하면 그만큼 저항이 심하기 때문이다.

당연하게도 그 저항의 강도는 권력에 비례한다.

권력이 약할수록 저항은 미미하다.

인턴이나 레지던트의 권력?

그들의 권력은 파리 목숨이라는 게 노형진의 생각이었고,

실제로 오광훈을 비롯한 검사들의 조사가 시작되자 그들은 살기 위해 몸부림쳤다.

"아니, 저는 커닝한 적 없다니까요."

"이미 너희 시험 때 선발대 인원이 누군지 확인 끝났어. 너 3차 아냐!"

"아, 미치겠네. 진짜예요. 저는 그거 못 받았어요."

"개소리하지 마. 너 그때 합숙해서 교육받은 거 알거든!"

교수들은 자기들이 공격당할 거라 생각해서 압력을 행사하기 위해 다급하게 파업했는데, 정작 오광훈이 공격한 대상은 그들이 아닌 인턴과 레지던트였다.

"증언도 나왔고 증거도 있어. 합숙하던 당시에 널 본 사람들이 한두 명인 줄 알아?"

"아니, 그게……. 그냥 공부하는 모임이었다고요."

"그래, 커닝을 준비하는 모임이었지."

후발대에 속하는 사람들은 입술이 바짝바짝 마를 수밖에 없었다.

만일 여기서 커닝이 인정되면 의사 면허는 취소되기 때문이다.

그렇게 되면 수년간의 공부가 모두 허사가 된다.

하지만 벗어날 방법이 없다는 게 문제였다.

"제발 부탁드립니다. 저희는 진짜 몰랐어요."

"아니, 헛소리하지 말라고."

선발대 명단을 구하는 건 어려운 게 아니었다.

애초에 선발대라는 게 1차에서 시험 본 사람들을 의미하는 거니까.

그들을 제외하고는 다 후발대라는 거다.

물론 그들이 다 커닝을 한 건 아니다.

실제로도 그들 중 일부는 그렇게 커닝 집중 교육을 받지 못하고 혼자서 시험을 봐야 했다.

'그리고 그걸 노리라고 했지.'

노형진은 오광훈에게 그렇게 이야기했다.

누군가에게 증언시키라고.

처음에는 배신이라 생각해서 누구도 하지 않을 거라 믿었던 증언.

하지만 누군가는 하게 되어 있다.

특히나 그들에게 찍혀서 제대로 정보를 받지 못한 소위 말하는 아웃사이더들, 그들은 도리어 적극적으로 자신의 억울함을 이야기했다.

"조규인 씨, 진짜로 잘 생각하세요. 이대로는 당신 의사 생활이 끝납니다."

노형진이 노리라고 한 건 바로 의원급 페이 닥터들이었다.

한정되어 있는 인턴 자리에 들어가지 못하는 소수의 사람들이 있다.

물론 성적으로 자르는 경우도 있지만 교수에게 찍혀서 정보조차 제공받지 못하는 사람들도 있다.

그런 합격 정보도 공유받지 못하는데 과연 교수들이 그를 인턴으로 써 줄까?

당연히 그들이 할 수 있는 일은 거의 없었다.

의사 자격을 얻었기에 진료는 할 수 있으나 큰 병원에서 경험을 쌓을 수는 없다.

결국 그들의 대부분은 소위 의원급이라고 하는, 병상이 다섯 개 미만인 병원에서 페이 닥터로 일하는 거다.

당연히 월급도 기대에 못 미치지만, 현실은 그렇다.

인턴을 거치지 못한 그들은 일반의라 불리며 의원이라는 이름으로 병원을 세운다.

"당신이 제보한 내용은 익명으로 처리될 겁니다. 그리고 제대로 되면 당신에게 기회가 돌아갈 거고요."

"네? 그게 무슨 말입니까?"

조용히 듣고 있던 조규인은 고개를 번쩍 들었다.

"당신이 커닝을 한 사람들을 제보한다면 당연히 그 사람들의 의사 면허는 무효가 될 겁니다. 그러면 병원에서는 인력을 보충해야 하지요."

조규인은 정신이 번쩍 들었다.

현재의 병원은 인턴이나 레지던트가 없으면 못 굴러간다. 당연히 인력을 보충해야 한다.

'한두 명이 잘리는 게 아닐 텐데.'

문제는 당장 일하는 이들의 의사 면허가 무효가 되어 버리면 그 자리가 비어 버린다는 것.

그렇다면 그 자리를 메울 수 있는 것은 자신같이 커닝한 적이 없는 페이 닥터뿐이다.

즉, 제대로 인턴으로서 삶을 시작하고 제대로 된 의사로서 성장할 수 있는 기회라는 뜻이다.

“사건 기록을 보니까 여자 친구의 성추행 사실을 항의했다고 잘리셨더군요.”

조규인은 입술을 깨물었다.

의대에 다니던 시절 그는 다른 의대생을 사귀었는데, 교수가 자신의 여자 친구를 성추행하는 걸 보고 욱해서 항의했다.

그러자 그다음부터 교수는 그를 노골적으로 싫어했고, 아예 대놓고 사람 취급도 해 주지 않았다.

교수의 권력이 강한 의과대학의 특성상 한번 찍혀 버린 자신이 용서받을 길은 없었고 결국 여자 친구조차도 더 이상 미래가 없다고 생각한 건지 그를 멀리한 끝에 이별을 고했다.

그가 잘못한 것은 하나도 없는데 그렇게 된 것이다.

더군다나 교수는 그 이후에 인턴 시절에도 그가 지망하는 병원마다 전화해서 인성이 썩었다는 둥 의사로서 재능이 없다는 둥 헛소리를 하면서 취업을 막았고, 결국 그는 인턴 생활을 하지 못했다.

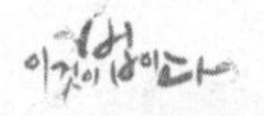

'하지만 지금이라면…….'

현재의 인턴들이 죄다 잘려 나간다면?

교수가 지랄을 하든 말든, 병원들은 자신을 쓸 수밖에 없다. 병원 운영을 멈출 수는 없으니까.

"원하신다면 그 당시 사건도 제대로 조사해 드리겠습니다."

오광훈은 씩 웃으며 말했다.

"물론 의사 면허를 없앨 수는 없겠지만, 그 책임을 물어서 교수 자리에서 자를 수는 있겠지요."

"진짜입니까?"

"물론 죄가 얼마나 쌓였느냐에 따라 달라집니다만."

"죄가 얼마나 쌓였는가……."

자신 말고도 많은 피해자들이 있었다.

물론 평소라면 절대 입을 열지 않을 것이다.

'평소라면 말이지.'

조규인은 머릿속이 팽팽 돌았다.

그는 멍청이가 아니다.

지금 교수를 날리지 못하면 나중에 다시 그가 돌아와서 자신의 인생을 망칠지도 모른다는 생각이 들었다.

아니, 100% 그럴 것이라는 걸 알고 있다.

"진술은 익명이라고 하셨죠?"

"그렇습니다. 일단 커닝을 한 사람들을 특정할 수만 있으면 됩니다. 아십니까?"

"알지요. 아주 잘 알지요."

조규인은 이를 빠드득 갈면서 말했다.

"오 검사, 어떻게 안 되겠나?"

검사들 중에도 자식이 의사인 사람들이 있었다.

당연하게도 자식들에게 소환장이 날아오자 그걸 무마하기 위해 오광훈을 찾아왔다.

물론 과거라면 어렵지 않게 무마했겠지만 시대가 바뀌었고, 하필이면 조사하고 있는 검사가 미친개라 불리는 오광훈이었다.

사실 덮으려고 하면 강제로 덮을 수야 있겠지만 그 순간부터는 오광훈과의 싸움이 아니라 노형진, 아니 마이스터와의 싸움이 되리라는 걸 오랜 경험으로 알고 있는 검사들은 무조건 수습하라고 명령할 수가 없었다.

당장 이 사건만 수습한다고 해서 끝이 아니니까.

강제로 수습하면 당연히 노형진과 오광훈이 보복할 테고, 그러면 결국 검사나 판사 자리에서 잘려서 변호사 생활을 해야 한다.

그런데 그렇게 변호사 생활을 시작한다고 해서 모든 게 끝나는 건 아니다. 만일 로펌에 들어가면 그 로펌은 마이스터와 전쟁을 하겠다는 의미로 받아들여진다.

그래서 지금은 그 누구도 감히 오광훈에게 강짜를 부리지 못했다.

하지만 강짜를 부리지 않는 것과 별개로 부모로서 안타까운 마음에 찾아오는 것은 어쩔 수 없는 선택이었다.

"우리 애가 열심히 공부해서 의사가 되려고 한 거네. 물론 그 과정에서 커닝은 좀 문제가 되겠지만, 어떻게 죄라도 좀 가볍게 해서……."

일단 커닝의 경우 그 무효는 행정재판이다.

즉, 상황에 따라서 행정재판에서 무효까지는 막을 수 있을지도 모른다.

하지만 문제는, 형사에서 처벌이 심해지면 행정재판에도 영향을 미친다는 거다.

"하아."

오광훈은 그런 다른 검사들의 부탁을 한두 번 받아 본 게 아니었기에 고개를 흔들었다.

"김 선배, 저도 그러고 싶지 않아요. 하지만 의사 쪽에서 막 나가잖습니까?"

"아니, 막 나가는 게 우리 자식은 아니지 않나?"

"끄응…… 이게요, 문제가 영 쉽지 않아요. 김 선배 자녀도 그렇겠지만……."

오광훈은 슬쩍 목소리를 낮췄다.

"이게 파고들수록 문제가 있더라고요."

"물론 커닝이 문제이기는 하네만……."

"그게 아니라, 원해서 커닝한 애들은 거의 없단 말입니다."

"그건…… 그렇지."

김 검사라 불린 선배는 고개를 끄덕거렸다.

"나도 내 자식한테 들었네. 어쩔 수 없이 했다고 하더군."

'거참, 그런 뻔한 말을 믿어 주다니. 검사라고 해도 자기 새끼는 예쁘다 이건가?'

사실 이런 질문이 나왔을 때 나올 답변은 뻔하다.

어쩔 수 없었다, 나도 하고 싶지 않았다.

그러지 않으면 진짜로 고의적인 커닝으로 처벌받을 수밖에 없기 때문이다.

강제로 하는 것과 자신의 선택으로 하는 것은 처벌의 수위가 다를 수밖에 없었다.

"제 말이 그겁니다. 지금까지 계속 피의자들을 불러서 확인했는데, 공통점이 그거예요. 강제였다."

"응? 그런가?"

"네."

오광훈은 그렇게 말하면서 어깨를 으쓱했다.

"강제로 한 거라는 점은 이해하죠. 의료계의 서열 문화가 심한 거야 한두 해 문제도 아니고."

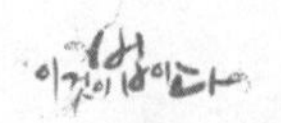

"그거야 그렇지."

"하지만 그건 정상적인 상황에 한해 그렇지 않습니까? 이건 범죄행위인데, 강제로 범죄행위를 했다고 하면서 정작 그 다음 행동을 안 해요."

"다음 행동이라니? 무슨 말인가?"

"지금이라도 교수를 고발하든가, 아니면 다른 방법을 찾아야지요. 나는 어쩔 수 없었다고 하면서 무조건 처벌은 면하게 해 달라고 하면 제가 뭘 어떻게 합니까? 선처도 뭐, 요건이 맞아야 하지요."

"음?"

김 검사는 순간 오광훈이 뭘 말하는지 알아차렸다.

그가 원하는 건 바로 내부 고발이었다.

'사실 틀린 말은 아니긴 하군.'

화가 나고 어이가 없기는 하지만, 실제로 범죄를 저질렀고 그걸로 합격이라는 이익을 챙겼다.

그러니 그 죄를 줄이려면 배신하고 고발하는 쪽에 서야 한다.

그러지 않는다면 말로만 강제라 할 뿐, 결국은 스스로 선택했다는 의미가 될 테니까.

'하지만…….'

그러려면 교수를 고발해야 한다.

즉, 척져야 한다는 거다.

당연히 그렇게 되면 자신의 자녀의 미래도 불확실해진다.

그렇게 고민하는 김 검사의 등을, 오광훈이 슬쩍 밀어 주었다.

"형님."

물론 형님이라고 부르기에는 서로 거리가 있다.

하지만 개인적인 관계인 형님이라는 호칭이 나왔다는 것에 대해 김 검사는 문제 삼지 않았다.

다급한 것은 자신이니까.

더군다나 자신에게 불이익을 줄 거라면 형님이라는 호칭을 대지는 않았을 것이다.

"형님도 아시겠지만 그 새끼들, 더는 교수 못 해요. 아시잖아요?"

"그거야……."

"판사가 뭐 바보라서 영장을 그렇게 째깍째깍 내줬겠습니까? 형님도 저한테 부탁하러 오셨으니 알 거 아닙니까?"

"하아, 그렇지."

다들 이 문제에 대해, 전면에 나서지 않을 뿐 오광훈의 뒤에 노형진과 마이스터가 있다는 것쯤은 알고 있었다.

이제는 집단으로 덤벼도 그들을 이길 수 없다는 걸 알기에 검찰이고 법원이고 고개를 숙이고 있다는 것도 말이다.

"그쪽에서 족치겠다고 나오는데 저라고 어쩌겠습니까?"

"끄응……."

오광훈의 말대로 노형진이 표적으로 삼아서 전면에 나선

이상 의사들이 교수 자리를 유지하지 못할 건 뻔했다.

"그래서?"

"그래서 그러는데 말입니다, 어차피 지금 있는 새끼들이 나가면 누구든 그 자리를 차지하지 않겠습니까?"

오광훈은 목청을 낮춰 계속 말했다.

"자녀분의 면허 무효화를 막는 게 힘든 건 아시죠, 사회적으로?"

시험 기록에 따르면 수십 년간 그 커닝이 이어져 왔다.

그걸 면허 무효로 해 버리면 진짜 나라가 발칵 뒤집어진다.

"차라리 다음 교수 밀어주시죠."

"다음 교수를 밀어주라고?"

"이미 물 건너간 거 아닙니까? 증인이 벌써 백 단위가 넘습니다."

김 검사는 흠칫했다.

"그 말이 사실인가?"

"제가 형님한테 거짓말해서 뭐 합니까? 이게 드러나면 그 애들은 자리 차지 못 해요."

걸려든 인턴과 레지던트 들은 다급하게 강제로 한 거다, 어쩔 수 없었다고 변명했고, 그 변명은 착실하게 녹음되었다.

일부는 자신이 살기 위해 기꺼이 증언을 하기로 했고 말이다.

"교수들이 강제로 시켰다는 사실이 공개되었는데 그 자리를 유지하는 게 가능하겠습니까?"

"가능할 리가 없지."

대학에서 미치지 않고서야 그런 교수들을 그냥 둘 리가 없다.

"혹시 다음 교수들로 예상되는 사람들이 있나?"

"없다면 거짓말이지요."

슬쩍 쪽지 하나를 건네는 오광훈.

"우리는 한 가족 아닙니까?"

"그렇지, 한 가족이지."

오광훈의 쪽지를 보면서 김 검사는 생각이 많았다.

사실 검찰 내부를 가장 많이 조진 게 바로 오광훈이다. 그런데 한 가족이라니.

'뭐, 상관없지.'

자신은 살아남았고, 자식의 미래를 걱정하는 처지다.

오광훈이 내부를 청소하든 말든 우선순위는 자식이다.

대부분의 부모들이 다 그렇듯이 말이다.

"내 연락해 보도록 하지."

"네, 자녀분 문제가 잘 해결되기를 바랍니다."

그렇게 웃으면서 말한 오광훈은 김 검사가 나가자 시간표를 확인했다.

"어디 보자, 다음 점심 약속이……. 박 판사님이네? 아이고, 바빠 죽겠네. 그런데 왜 하필이며 스파게티야? 돼지국밥

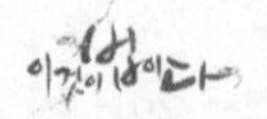

먹고 싶다."

오광훈은 입맛을 다시면서 박 판사의 자녀가 일하는 대학병원의 차기 교수 명단을 확인하기 시작했다.

⚖

인턴과 레지던트의 목이 날아가기 시작하자 다급해진 것은 그들만이 아니었다.

부모들도 다급해졌고, 그들은 자연스럽게 자식들이 살 수 있는 방법을 찾기 시작했다.

오광훈은 그중에서 힘이 있는 사람들에게 슬쩍 정보를 흘렸고, 그들을 통해 자연스럽게 인턴과 레지던트의 부모들이 모이기 시작했다.

"우리 아들 어쩔 거야!"

"내 딸이 뭘 잘못했는데!"

"김 교수! 김 교수 나와 봐!"

"야! 박 교수! 안 튀어나와!"

의과대학으로 몰려든 사람들. 그들은 교수들에게 극도의 분노를 뿜어내고 있었다.

그들은 자식들이 커닝할 거라고 생각도 못 했고, 시스템적으로 커닝이 구성되어 있다는 것도 몰랐다.

자기 자식이 의사가 되었다고 동네잔치를 한 게 엊그제 같은데, 갑자기 커닝을 했다며 모든 자격이 무효가 된다는 말은 부모들을 분노하게 만들기 충분했다.

그랬기에 그 와중에 들은, 교수가 강제로 시켰다는 자식의 말은 유일한 위안이자 자식을 살릴 수 있는 유일한 기회로 느껴졌다.

"돌아가세요!"

"돌아가게 생겼어?"

"커닝시킨 건 너희인데 왜 우리 자식이 피해를 입어야 하는데!"

"검찰에 따지세요! 검찰에!"

"개소리하지 마! 이미 다 들었어!"

사실 커닝을 좋아하는 사람은 없다.

의대에 합격하고서 '나는 나중에 커닝해서 의사가 돼야지.'라고 생각하는 의대생은 없다.

실제로 커닝 시스템은 4학년이 되어서야 안다.

그리고 의대생들은 그때 결정을 해야 한다.

문제는, 커닝을 하지 않으면 왕따를 당한다는 것이다.

커닝을 하지 않으면 어제까지 친구였던 자들이 적으로 돌변해서 '너 혼자 깨끗해서 좋겠다.' 또는 '그래, 너 잘났다.'라는 식으로 대하기 시작한다는 것이 문제다.

더군다나 수십 년간 자신을 뒷바라지해 온 부모들의 기대를 버릴 수는 없다는 생각에 대부분은 커닝에 동참할 수밖에 없게 된다.

물론 그건 자기들의 변명이지만, 중요한 건 그 변명이 먹히는 시점이 있다는 거다.

"와, 장난 아닌데?"

"어때, 내 말이 맞지?"

학교 앞에 몰려 있는 부모들을 좀 떨어진 곳에서 노형진과 오광훈이 바라보고 있었다.

점점 늘어나는 학부모들은 당장이라도 대학 안으로 밀고 들어갈 기세였지만 학교 측에서 온 힘을 다해서 문을 지키고 있었다.

"난 저쪽에서 물고 늘어질 거라고 생각했는데."

"원래대로라면 그게 정상이기는 하지."

어떻게 해서든 사건을 덮고 무마하기 위해 검찰 쪽을 공격할 테니, 신뢰성 문제에서 더 불리한 검찰이 아무래도 나중에 코너로 몰렸을 가능성이 크다.

"하지만 지금은 일단 의사 쪽이 불리하잖아."

의사 중에 연쇄살인마가 있다는 소문이 돌고, 검찰에서 조사하는 건 당연한 일이다.

그걸 막은 것은 의사들이고, 이제는 의사들이 커닝을 통해 불법적으로 합격한 것까지 드러났다.

"어떤 사람들이든 자기 목숨은 소중하거든."

실력 없는 의사들에게 자신의 목숨을 맡기고 싶지는 않을 테니 자연스럽게 여론은 이쪽으로 넘어올 수밖에 없게 된 것.

"더군다나 상황은 돌변했지."

"야, 장난 아니더라."

오광훈이 장난 아니라고 하는 것은 바로 아래에 있던 사람들, 즉 펠로우들이었다.

오광훈은 각 학교에서 교수가 될 가능성이 높은 펠로우들의 연락처를 권력자들에게 넘겼고, 그들은 당연히 자신의 자식을 위해 그들과 접촉해서 잘 부탁한다고 했다.

"사람들은 그런 경우에 자기 인생이 바뀔 거라고 생각하거든. 실제로 그렇고."

"정치인들처럼 말이지?"

"뜬금없이 웬 정치인들?"

"아니, 주변에서 보니까 별의별 병신들이 정치한다고 깝치는데 그 이유를 알고 보면 결국 주변 사람들이 문제더라고."

"뭐, 틀린 말은 아니네."

아무리 생각해도 정치할 역량이 안 되는 사람이 갑자기 정치한다고 설레발치면, 십중팔구 주변에서 소위 말하는 헛바람을 넣은 거다.

"더군다나 이번은 헛바람이 아니잖아."

실제로 관련 소송이 계속 들어오고 있고, 그러한 소송으로 의과대학은 곤혹스러움을 감추지 못하고 있다.

아무리 웬만해서는 대학에서 교수 편을 들어 준다지만, 이

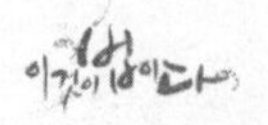

번에는 워낙 피해자가 많아서 그럴 수가 없었다.

그렇게 되면 수십 년간 이곳을 졸업한 학생의 70%는 면허가 무효가 될 가능성이 있기 때문이다.

"결국 퇴로를 차단당한 거지."

현직 교수들의 모가지가 날아갈 가능성이 거의 확정적이 되자 교수가 될 가능성이 있는 사람들은 당장 교수가 되기 위해 다른 방법을 쓰기 시작했다.

그건 다름 아닌 투서였다.

과거에는 투서를 하면 어떻게 해서든 투서한 사람들을 찾아서 처벌했지만 이제는 그게 불가능한 상황.

워낙 투서를 하는 사람들이 많은 데다가, 투서에 관해 조사해야 하는 검찰도 그들 편인 것이 큰 힘이 되었다.

실제로 투서가 학교가 아니라 검찰로 향했기에 일부 학교는 정신 못 차리고 투서한 사람들을 찾으려고 슬쩍 검찰에 찔러봤지만, 검찰에서는 지금 내부 고발자를 추적하는 것이냐며 그에 대한 처벌을 따로 하겠다고 나서는 바람에 깜짝 놀라서 뒷걸음치는 수밖에 없었다.

"화려하더만. 이 새끼들이 의사야, 아니면 범죄자야?"

연구비 횡령, 제자에 대한 성추행 및 강간, 폭언, 제자의 연구 실적 빼앗기 등등 온갖 더러운 면이 그대로 튀어나왔다.

"그런 짓을 벌여도 영원히 감춰질 거라 생각했겠지. 지금까지는 그래 왔으니까."

의사들은 자기들이 파업하면 이쪽에서 무릎을 꿇고 빌 거라 생각했다.

물론 자신들의 권력을 믿어서 그런 것이다.

하지만 이제는 아니었다.

"이제 남은 건 의협에 내분을 일으키는 것뿐이네."

그나마도 버티는 건 의협 내부가 대부분 교수라고 불리는 자들이 꽉 잡고 있어서다.

"의협을 파탄 내게?"

"그래, '새 술은 새 부대에'라는 말이 있잖아. 헌 술독이 너무 튼튼하면 어쩌겠어? 강제로 부숴 버려야지. 이제 그 안에 폭탄을 떨궈 볼까? 후후후."

드디어 피날레를 장식할 시간이었다.

"이게 아닌데."

"이건 심각한 문제입니다."

교수들이 강제로 커닝을 시켰다는 증언은 일단 나오기 시작하자 순식간에 엄청나게 늘어났다.

각자 사정이 있지만 결국 살기 위해 몸부림치는 거 마찬가지였고, 특히나 부모들은 자식들이 자발적으로 부정행위를 했다는 것 자체를 믿지 못했다.

물론 현실적으로 시험 자체가 부정행위를 하기 쉽도록 구성되어 있는 것은 사실이나, 그것과 진짜로 부정행위를 하는 것은 전혀 다른 문제였다.

실제로 일부 의대생들은 커닝을 하지 않고 합격하기도 했으니까.

"어린 새끼들이 은혜도 모르고."

교수들 중 일부는 자신이 가르치는 제자들에게 자신들은 남들과 다르다고, 남들보다 우월하다고, 남들은 무시하라고, 너희의 이득이 최우선이라고 가르쳐 왔다.

그런데 그게 자신들을 죽이는 칼이 되어서 돌아온 것이다.

"이건 생각도 못 했는데……."

사실 지금까지는 의사들이 파업을 해도 정부에서 언제나 조용히 협상해서 무마하는 편을 선택했다.

이번에도 그럴 거라 생각했다.

하지만 현실은 좀 달랐다.

협상에 들어가기도 전에 오광훈이 가장 치명적인 약점을 찌른 탓에 자신들이 뭐라고 할 수가 없게 된 것이다.

"우리에게 남은 방법은 하나뿐입니다. 끝까지 파업합시다."

"하지만 그런다고 뭐가 달라지는데요?"

"그러면 이대로 잘릴 겁니까?"

"그거야……."

"우리 다음에 누가 올지 모르지만, 이대로 그냥 무너질 수는 없습니다."

"하지만 상황이 좋지 않아요."

과거에는 의료사고가 나도 민사로 해결하면 그만이었다.

하지만 상황이 바뀌었다.

의료사고가 나면 이제 사람들은 전처럼 민사로 해결하는 대신에 업무상 과실치상이나 과실치사로 고소하기 시작했다.

민사 단계에서는 자기들이 차트를 바꿔도 문제가 없었다.

왜냐하면 민사에서는 관련 서류를 당사자가 협조를 하는 형태였기 때문이다.

즉, 민사로 의료사고 소송이 벌어지면 법원은 관련 서류를 병원에 요구하고 병원은 그걸 내주는 형태라, 안 줘도 방법이 없었다.

하지만 형사가 진행되면 영장이 나와서 차트를 압류할 뿐만 아니라 전산상의 기록까지 털어 가 버린다.

가장 큰 문제는 바로 전산상의 기록이었다.

전산상에는 조작한 기록이 모두 남기 때문이다.

차트야 수기로 쓰는 거니 고쳐도 티가 안 나지만, 전산상의 기록은 고치면 그 고친 기록까지 남기에 의료사고를 감출 수가 없게 된 것이다.

실제로 사람들이 몰랐을 뿐이지, 의료사고는 업무상 과실치상이나 과실치사가 맞다.

그래서 일부에서는 과실치상이나 과실치사로 고소하기도 했지만, 그동안은 검찰이나 경찰에서 적당히 실드를 쳐 줬었다.

하지만 이제는 그런 좋은 시절이 끝났다는 걸, 교수들은 직감적으로 느끼고 있었다.

그리고 마침내 그걸 확신하게 만드는 사건이 벌어졌다.

쾅!

문이 요란한 소리를 내면서 열리더니 한 사람이 다급하게 들어왔다.

"광 박사? 갑자기 왜 그래?"

"파업한 김에 가족들이랑 여행한다고 하지 않았어?"

다들 갑작스레 등장한 광 박사를 바라보면서 고개를 갸웃했다.

"지금 여행이 문제입니까? 다들 인터넷 안 봤어요?"

"인터넷?"

"무슨 인터넷?"

"지금 미변조 버전의 목소리가 올라왔단 말입니다!"

다들 얼굴이 딱딱하게 굳었다.

미변조 버전이라는 게 뭔지 한 번에 알아들은 것이다.

"그 말이 사실이야?"

"미변조 버전이라고?"

"틀어 봐! 어서!"

누군가 핸드폰을 빠르게 조작하자, 이내 누군가의 목소리가 흘러나오기 시작했다.

—내가 누군지 알아? 난 신이야. 어차피 뒈질 새끼들 좀 일찍 보내는 게 뭐 어때서? 내가 죽이겠다는데 누가 알 거야? 하하하.

호기롭게 말하는 목소리. 그리고 그 목소리의 주인은 어렵지 않게 알 수 있었다.

당연하게도 사람들은 자연스럽게 그 목소리의 주인에게로 고개를 돌렸다.

"이거…… 닥터 자 아니오?"

"자우신 교수, 이거 당신 목소리 맞지?"

자우신은 당황했다. 분명 자신의 목소리가 맞았으니까.

"아닙니다. 아니에요. 이건 제 목소리가 아닙니다."

"아니긴 뭐가 아니야. 똑같은데."

"하루 이틀 통화한 것도 아니고."

아무리 전자 기기에 녹음된 목소리가 미묘하게 다르다지만 그래도 기본이라는 게 있다.

더군다나 노형진이 녹음에 쓴 장비는 그러한 미묘함까지도 잡아낸 고가의 물건.

당연히 누가 들어도 자우신의 목소리였다.

"그러고 보니 자 교수 은근 사망자 많지 않았어?"

"저야 심장 전문의니까 당연히 사망자가 많지요."

"그런 의미가 아닌 거 알잖아? 상대적으로 비율이 높은 거.”

눈을 미묘하게 뜨고 바라보는 같은 대학 교수의 말에 자우신은 다급하게 말을 이었다.

“지금 이딴 거에 신경 쓸 상황입니까?”

“이딴 거? 이딴 게 아니지. 우리가 알아들었다면 다른 사람도 알아들었다는 건데.”

“수백 명이 죽은 건데 이딴 거라고 볼 수는 없지.”

의심하면서 모여드는 사람들.

그러나 공부를 잘한다고 해서 다 지혜로운 것은 아니었다.

특히나 자우신은 대한민국 의협에서도 핵심 멤버였다. 당연히 그를 따르는 사람이 많았다.

사실 의협을 이끌어 갈 차세대 회장으로 추천받는 사람 중 한 명이기도 했으니까.

당연하게도 그런 사람들은 자우신이 몰려나면 자신도 몰려나기에 자우신을 편들기 시작했다.

살인? 그로 인한 피해자?

그들에게 중요한 건 권력이지 피해자가 아니었다.

“이건 조작이야!”

“그래! 조작이야!”

“저놈들에게 놀아나지 말라고요! 중요한 건 파업을 어떻게 이어 나가느냐는 겁니다!”

"말 돌리지 마!"

"어…… 이거 어쩔 거야? 니미 씨발!"

"씨발? 지금 욕한 겁니까?"

"안 하게 생겼냐? 이거 안 보여!"

아니나 다를까, 인터넷에는 새로운 글이 올라오고 있었다.

그런데 그중에는 예상하지 못한 글이 섞여 있었다.

—이 목소리 내가 앎. 자우신이라고, 심장 전문의임. 우리 아버지 수술했는데 돌아가심.

—나도 이 목소리 압니다. 이놈이 살인마였어?

—지금 자우신이 의협에서 한자리 차지하고 있는 거 아십니까? 의협의 중추입니다.

—혹시 의협에서 이 새끼 지키려고 파업한 거 아님?

—에이, 설마.

—언제 의사들이 우리들 신경이나 썼음?

점점 시끄러워지는 인터넷 게시판.

하지만 한 가지는 확실했다.

사람들은 의협에 관해서는 극도로 부정적인 생각을 가지고 있었고, 이번 파업을 자우신을 지키기 위해 의협에서 벌인 거라고 판단하고 있었다.

그럴 수밖에 없는 게, 의협에서 처음부터 사건의 조사를 막기 위해 파업한 건 모두가 알고 있었으니까.

—설마 살인마가 이놈뿐이 아닌 건?

—확실히 가능하기는 하지. 의사가 살인해도, 누가 알아?

점점 뜨거워지는 인터넷 게시판을 보면서 의협 사람들은 할 말을 잃어버리고 말았다.

이제는 파업해도 결국 살인마를 지키기 위한 파업이라는 소리가 나올 수밖에 없게 되었기 때문이다.

"이거 어쩔 거야?"

"네놈 때문에……!"

결국 의협 내부에서도 싸움이 나기 시작했다.

자우신이 이끄는 기존 파벌과, 그들을 몰아내고자 하는 새로운 파벌.

그들이 서로 멱살을 잡고 싸우는 그때, 노형진은 외부에서 새로운 방법으로 그들을 파멸로 몰아가고 있었다.

"인증?"

"네, 불법은 아닙니다만?"

"아니, 인증이라는 게 불법은 아니기는 하지만."

김성식과 송정한은 어리둥절한 표정으로 노형진을 바라보았다.

"이로써 한국에서 의사 국시의 신뢰성은 바닥을 쳤지요."

"그래, 그렇지."

"하지만 분명 그 안에는 선의의 피해자도 존재하고요."

평균 30%. 실제로 교수들의 도움을 받지 않고 합격한 사람들이다.

선발대가 되어서 희생양 취급받았든 찍혀서 실력을 인정받지 못했든, 어느 쪽이든 그들이 어떠한 커닝도 없이 합격한 것은 부정할 수 없는 사실이다.

"그에 대해 우리 새론이 사설 인증을 해 주는 겁니다."

"사설 인증이라……."

"음…… 법적으로 효력이 있는 건 아니긴 한데."

사실 의외로 그러한 인증은 아무런 효력도, 법률적인 제한도 없다.

"뭐, 연말만 되면 개나 소나 국민 평가 1위를 외치지 않습니까?"

문제는 그게 다 사설 단체에서 돈 받고 해 주는 거라는 거다.

그럴듯한 명의의 소비자 단체를 하나 만들고 돈을 주면 평가 1위 상패를 만들어 주는 거다.

그러나 현행법상 그걸 뭐라고 할 수가 없다.

소비자 만족도 1위라는 건 계측할 수 없는 부분이니까.

"인증도 마찬가지이기는 하지요."

김성식은 송정한에게 말하며 고개를 끄덕거렸다.

"거짓말하는 것도 아니고."

노형진이 말한 건 다름 아닌 국시에서 커닝을 하지 않았다는 인증이었다.

만일 커닝했다고 못 박아 버리면 업무방해나 명예훼손 등의 문제가 발생할 수 있겠지만…….

"상대방의 요청에 따라 인증해 주는 거라면 문제 될 게 없지 않습니까?"

"하긴, 그건 그렇지. 하지만 사회적인 불만이 생기지 않을까?"

"생기겠지요, 기존에 불법을 행한 의사들에게서. 애초에 공신력 있는 단체의 인증이라는 게 얼마나 중요한지는 아시지 않습니까? 당장 멀리 갈 필요도 없이 엔터테인먼트조합만 보셔도 말입니다."

"아…… 하긴, 그렇군."

노형진이 노린 건 아니지만 엔터테인먼트조합은 자연스럽게 일종의 인증 절차로 인정받고 있다.

가입도 탈퇴도 자유롭지만, 가입하면 적당한 지원을 받을 수 있다.

당연하게도 그 작은 지원이 중소형 소속사들에는 큰 도움이 되기에 너도나도 가입하려고 했다.

그러나 또 100% 다 가입을 받아 주는 건 아닌지라, 만일 협동조합 가입조차 거절되었다면 그 회사는 진짜 심각한 문제가 있다는 소리가 된다.

큰 회사야 상관없다지만 작은 회사는 그게 아니기 때문에 자연스럽게 연예인 지망생들에게는 엔터테인먼트조합 가입 여부가 정상적인 기업이냐 아니냐의 판단 기준이 되어 버렸다.

"실제로 그게 생기고 나서 연예인 지망생을 대상으로 한 사기가 많이 줄었지요?"

"맞아. 많이 줄었지."

송정한도 안다는 듯 고개를 끄덕거렸다.

"저도 거기서 영감을 얻은 겁니다. 어찌 되었건 커닝하지 않았다는 것만으로도 혜택을 많이 받을 수 있으니까요."

"하지만 그 혜택을 보는 것은 작은 의원들일 가능성이 높은데. 큰 병원이야 어차피 자리가 없지 않나?"

"그러니까 더 해야지요. 그리고 동시에 시험 시스템도 만들고요."

"시험 시스템?"

"결국 가장 중요한 건 의학적 정보의 분류 능력 아닙니까?"

감기와 폐렴을 구분 못하고 항생제만 냅다 투여하는 의사는 진짜 국민의 목숨을 위험하게 하는 거다.

설사 시험에서 합격했다고 해도 그게 영원하지는 않다.

"당장 운전면허만 해도 일정 시간이 지나면 갱신해야 합니다. 하지만 의사 면허는요? 애석하게도 저희 변호사와 마찬가지입니다.”

나이를 먹어도 치매가 생겨도, 그 면허는 그대로다.

양심적으로 면허를 반납해야 하는데 그러지 않는 사람들이 대부분이다.

판단력의 저하가 오기 시작하면 의사는 더 위험하다.

변호사는 의뢰인을 만나거나 변론할 때 상황을 보고 판단할 수라도 있지만, 의사는 처방하기 시작하면 계속 만나야 하는 데다 생명이 걸려 있기 때문이다.

“사실 신뢰 관계에 있어서 더 가까운 건 의사와 환자니까.”

“그러다가 감염 사태가 벌어진 거죠.”

송정한과 김성식은 쓰게 웃었다.

의사로 인한 집단감염 사태. 이름만 본다면 마치 사고 같지만 명백하게 인재다.

원래 의료용품은 절대 재사용이 금지되어 있다.

하지만 의사였던 사람이 나이를 먹고 판단 능력이 저하되자 의료용 주삿바늘을 재활용하도록 시켰다.

그나마 그곳이 대형 병원이거나 규모가 커서 다른 의사가 있거나 하다못해 간호사라도 있었다면 그 지시를 사전에 차단할 수 있었을 텐데, 그곳은 의원급 병원이었고 그곳에서 일하던 사람들은 간호사가 아니라 간호조무사였다.

일정 규모 이하의 병원에서는 간호사 대신에 간호조무사

를 쓸 수 있었기 때문에 가능했던 것.

문제는 인력이 부족한 간호사와 다르게 간호조무사는 인력이 충분하다는 거다.

그렇다 보니 문제가 생기면 바로 해직당하는 간호조무사들은 지시에 저항할 수가 없었고, 그 결과 바늘이 재활용되면서 수십 명이 간염에 감염되는 사태가 벌어졌다.

"실제로 그러한 의사들이 많이 있고요."

대놓고 인터넷에 자신은 아는 게 없어서 항생제나 듬뿍 처방한다는 놈들이 넘쳐 나는 상황.

"그러니까 그걸 막기 위해서라도 검증 시스템을 만들어야 한다고 생각합니다."

"그건 그렇다고 쳐도, 과연 의사들이 응할까? 강제할 수 없는 민간 인증 아닌가? 그리고 민간 인증이라면 내가 도와줄 게 없네만."

"의사들이 응하지 않아도 어쩔 수는 없죠. 우리가 강제할 수 있는 건 아니니까요. 하지만 누군가 이득을 바라고 한다면 그때부터는 분위기가 조금씩 달라질 겁니다. 그리고 송 의원님에게 부탁할 것은 인증이 아니라 다른 겁니다."

물론 응하지 않는다 해도 그건 그 사람의 선택이다.

"다른 거? 뭔가?"

송정한은 고개를 갸웃하며 물었다.

"간단합니다. 시험을 바꿔야지요."

"하아, 안 그래도 말이 많네."

"말이 많다고요?"

"의사 출신 의원들은 존치를 주장하고 있네."

"그거 개소리인 건 아시죠?"

"알지. 어차피 의사 출신 의원이 그렇게 많은 것도 아니고, 국시원 꼴을 보니 답도 안 나오고."

오광훈이 국시원을 털어 보니 비리가 장난이 아니었다.

거의 매일 밤 의사들과 술 처먹으면서 접대받았고, 원장의 계좌에는 출처를 알 수 없는 막대한 현금이 들어 있었다.

"어떻게 바꿀지가 문제인데……."

"일단 문제가 되는 건 실기입니다. 당연히 기간을 줄여야지요."

일주일에 한 번 있는 시험이다.

그걸 연달아서 열도록 바꾸고 먼저 시험을 본 사람들을 정해진 장소에 격리해 두는 것만으로도 효과는 충분히 볼 수 있다.

불가능할 정도로 일이 커지는 것도 아니다. 수능의 경우 수백 명이 격리 대상이 되어서 짧게는 주 단위, 길게는 달 단위로 갇혀 지내는데 국시 대상자를 사흘 정도 격리하는 건 일도 아니었다.

"그 정도 재정을 감당 못 할 정부도 아니고요."

"하긴, 그건 가능하지."

매년 시험을 대략 이천팔백 명쯤 본다. 그리고 그중 이천오백 명이 합격한다. 보통은 말이다.

"그리고 지방 공공 의대를 준비하는 게 좋을 것 같습니다."

"지방 공공 의대?"

"네."

노형진은 회귀 전에 있었던 계획을 그대로 이야기했다.

"아마 이 이야기가 나오면 의사들이 반발하겠지요. 그들에게 지방은 자신들이 갈 최후의 보루이니까요."

"하지만 지금은 힘들겠군."

힘이 완전히 빠진 상태에 내분까지 벌어졌다.

더군다나 노형진의 함정에 빠져서, 지난번 파업은 연쇄살인마를 보호하기 위한 파렴치한 짓으로 비치는 상황.

"또 그거 반대하면서 파업하면 국민들을 죽이지 못해 안달난 것처럼 보일 테니까요."

"프레임이라 이건가?"

"맞습니다. 프레임이지요."

결국 그들은 공공 의대를 받아들일 수밖에 없다.

"확실히 많이 바뀌겠어."

"바뀌어야 합니다. 시대가 바뀌는데 뒤처져 있어 봤자 도태될 뿐이니까요. 그들이 움직이기 싫어한다면 우리가 강제로 끌어내야지요."

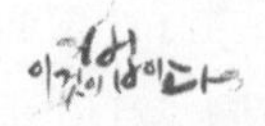

노형진은 자신 있게 말했다.

의사들은 어쩔 수 없이 끌려올 테니, 결국 세상이 좀 더 나아질 거라 그는 확신하고 있었다.

난파선의 쥐새끼들

의사들은 정부의 발표에 찍소리도 못 했다.

정부에서 시험 시스템을 통째로 바꾸겠다고 이야기했지만 그걸 반대한다는 것 자체가 결국 커닝을 계속하겠다는 의미라, 국민들의 여론이 극도로 안 좋아졌기 때문이다.

더군다나 지난번 총파업은 결국 살인마를 지키기 위해 의협이 나선다는 이미지를 만들었고, 시스템을 고치는 걸 반대하기 위해 다시 꺼낸 총파업 이야기는 대부분의 의사들이 반대하는 통에 흐지부지되었다.

특히나 그동안 사망 사고가 있었던 의사들은 상당수가 업무상 과실치사로 고발당하면서 조사가 계속되는지라 그걸 가지고 다시 파업한다는 건 여러모로 정치적 부담이 심했다.

“당분간은 혼란스러울 테지만 자연스럽게 해결될 겁니다.”

제대로 기록하고 치료한다면 아무리 의료사고를 업무상 과실치상이나 과실치사로 고소한다고 한들 처벌받을 가능성은 없다.

“안 그래도 공공 의대 이야기는 들었네. 자네가 건의했다면서?”

“네, 그래야 하니까요.”

원래는 몇 년 있다가 제안이 들어가겠지만 노형진은 조금 더 서둘렀다.

어차피 해야 하는 일이고, 의협의 힘이 빠진 상황에서 진행하는 게 맞으니까.

“거기다가 의사의 합격률이 확 떨어질 겁니다. 부족한 이사들을 채워 넣어야지요.”

기존에 커닝을 위해 구성되었던 의사 국시 시스템은 완전히 달라졌다.

기존에 일주일에 한 번 이루어지던 실기 시험은 연달아 이루어지는 것으로 바뀌었고, 먼저 시험을 본 사람은 정부에서 제공하는 숙소에서 시험이 끝날 때까지 대기하게 되었다.

또한 시험에 응시하는 순서는 정부에서 랜덤하게 지정하게 되었다.

당연히 숙소 안에서는 어떠한 연락도 불가능하며, 핸드폰 역시 입구에서 제출해야 한다.

만일 내부에서 핸드폰을 가지고 있다가 발각되는 경우, 부정행위로 판단해서 무조건 시험에서 탈락하는 것으로 바뀌었다.

수능에서도 사고로 핸드폰을 가지고 있어도 탈락 처리하고 응시 자격을 박탈하니 딱히 잔인하다고 할 수는 없는 일이었다.

“아마 시험 탈락자가 엄청 늘어날 겁니다.”

“엄청이라…….”

“생각보다 능력이 부족한 애들이 많더군요.”

“하긴, 이해가 가네. 그러니 그딴 식으로 시험을 봤겠지.”

“그나저나 저한테 뭐, 하실 말씀이 있다고요?”

“이 사건 초기에 내가 했던 말 기억하나?”

“네, 기억합니다.”

두한과 뭔가 관련이 있는데 아직 확실하지 않아서 말하지 못하는 사건이 하나 있다고 했다.

그래서 그게 확실해지면 이야기하겠다고 하기는 했었다.

“확실해져서, 자네한테 이야기하려고 하네.”

노형진은 자세를 바로잡았다.

두한과 자신의 악연은 언젠가는 끊어야 하는 일이라고 생각하고 있으니까.

회귀 전에 자신을 죽인 것은 두한이다.

하지만 회귀 이후로 노형진은 사실상 두한에 어떠한 감정도 가지지 않으려고 노력했다.

자신을 죽인 것은 회귀 전의 두한이지 지금의 두한이 아니었기 때문이다.

하지만 두한은 계속해서 악연으로 묶였고, 결국 노형진은 싸움을 피할 수 없다는 것을 인정해야 했다.

"두한에서 무슨 문제가 있습니까?"

"두한 자체의 문제라기보다는 그 아래쪽 문제라고 봐야겠지."

"아래쪽요?"

"그래, 자네도 두한에서 대형 쇼핑몰을 가지고 있는 건 알고 있지?"

"아, 두한아울렛 말입니까? 뭐, 유명하지 않습니까?"

"유명하기는 하지. 애초에 두한의 주력이 바로 쇼핑과 의류였으니까."

두한아울렛은 두한의 현금 줄 중 하나다.

두한자동차와 두한조선이 사라진 후 두한의 가장 큰 자금줄이며, 동시에 지금 두한을 대기업으로 유지시켜 주는 거의 유일한 사업이다.

만일 두한이 그곳을 잃게 된다면 치명적인 피해를 입을 수밖에 없다.

"거기에 손대시려고요? 쉽지 않을 겁니다. 부동산이라는 건 워낙 돈도 많이 들어가는 데다가, 두한아울렛은 워낙 많으니까요."

전국에 두한아울렛이라고 불리는 매장만 서른 곳이 넘는다.

가게가 아니라 한 지역이 통째로 두한아울렛이다.

지금이야 자금 흐름이 막혀서 확장을 멈췄지만, 한창때의 두한은 무서울 정도로 두한아울렛을 확장했다.

"복합 쇼핑몰이라는 게 그렇지. 돈이 되니까."

"시대가 바뀌면 삶의 패턴도 바뀌는 법이니까요."

처음에는 시장으로 대표되던 소비 패턴은 백화점이 생기면서 넘어갔다가 대형 할인 마트로 자연스럽게 이동했다.

지금도 시대의 변화에 따라 천천히 대형 복합 쇼핑몰로 소피 패턴이 이동하고 있다.

"아무래도 삶에 여유가 있으니까 당연한 거 아닐까요?"

시장이 흥했던 이유 중 하나는 바로 가까이에 있다는 거다.

백화점 역시 시내에 있어서 대중교통으로 접근이 유리하다는 게 흥한 이유였다.

하지만 차량이 늘어나고 1가구 1차량을 넘어서 2차량, 많으면 가족 한 명당 차량 한 대씩 가지고 있는 시대가 되자 더 이상 거리는 문제가 되지 않았다.

그래서 자연스럽게 대형 할인 마트로 사람들이 이동하게 되었고, 지금은 외곽에 있는 대형 쇼핑몰들로 이동이 가능하게 되었다.

그곳은 시내보다 물가가 싼 데다가 일종의 문화 공간 역할도 하고 있기 때문이다.

"대룡도 쇼핑몰을 운영하고 있지 않습니까?"

"뭐, 우리야 이제 막 시도하는 거고."

"그건 그렇지요. 그럼 두한아울렛하고 싸우려고 저를 부르신 겁니까?"

노형진의 질문이 유민택은 고개를 흔들었다.

"그럴 리가 있나. 우리가 시도하고 있지만 아직은 시작 단계일 뿐이야. 다른 건 몰라도 대형 아울렛 매장과 싸울 만한 단계는 아니지."

"그러면 왜?"

노형진은 고개를 갸웃했다. 이해가 가지 않았으니까.

싸울 게 아니라면 굳이 대룡이라는 이름을 꺼내지 않아도 된다.

"음…… 자네, 우리 회사가 복지 차원에서 법률 지원을 해 주는 거 알고 있지?"

"제가 권한 거니까 당연히 알고 있지요."

대룡에는 내부에 소송을 관리하는 법무 팀이 있다.

하지만 주요 사건을 새론과 함께하게 되면서 대룡 법무 팀의 일거리는 줄어들었다.

노형진은 그걸 알고, 유민택에게 그들을 이용해서 직원들에게 법률 지원을 하라고 했다.

법을 몰라서 당하는 사람들이 워낙 많은 데다가 대룡의 직원 숫자는 어마어마하니까.

"상담하던 중에 이야기가 나왔다네. 자네도 알다시피 두한 문제는 우리한테 좀 특별하니까 나한테 따로 보고가 올라온 거고."

"대룡 직원이 상담 시간에 두한 얘기를 했다고요?"

"그건 아니네. 꼭 직원의 문제일 필요는 없지 않나."

"하긴, 그렇지요."

직원이면 법무 팀과 예약하고 상담이 가능하다.

그래서 적지 않은 직원들이 자신의 문제뿐만 아니라 다른 가족들의 법률적인 문제에 대해서도 조언을 구하고 있었다.

대룡의 법무 팀이라면 믿을 수 있으니까.

"직원 중 한 명의 형제가 두한아울렛에서 횟집을 하는 모양이야."

"그걸 뭐라고 할 수는 없지 않습니까?"

형제가 사이가 안 좋은 기업에 근무한다고 해서 그에게 뭐라고 할 수는 없는 노릇.

더군다나 애초에 두한아울렛에서 횟집을 하는 것만으로 두한에 근무한다고 볼 수도 없다.

두한아울렛은 임대 형태로 들어가니까.

다시 말해 근무자나 노동자가 아니라 세입자일 뿐이다.

"그래, 그렇지. 그런데 문제는 바로 그거야, 세입자라는 것."

"그게 무슨……?"

"나가라고 했다는군."

"네?"

노형진은 뭔 소리인가 했다.

"나가라니요?"

"말 그대로야. 계약 기간이 끝났으니 나가라고 한다는군."

"네? 계약 기간이 끝났다고요? 흠…… 하긴, 지금 계약 기간이 끝났다면 과거에 계약한 거겠군요."

지금이야 법이 바뀌어서 계약 기간은 2년에 한 번 최장 10년까지 자동 갱신되는 대신에 건물주는 2년마다 최대 5% 이내에서만 올릴 수 있게 되어 있다지만, 그 이전에는 계약 기간이 5년이 끝이었다.

즉 5년이 지나면, 나가라면 나가는 수밖에 없는 거다.

"그건 우리 쪽에서 뭐라고 할 수 있는 게 아니지 않습니까?"

그건 대룡이 아닌 두한의 문제이니, 소송한다고 해도 이길 수 없다.

"음…… 그건 그렇지. 하지만 이야기를 들어 보니 두한에서 제법 오래전부터 장난을 친 것 같아."

"장난요?"

"권리금을 따지는 거지."

"뭔 소리랍니까? 두한이 건물주라면서요? 건물주에게 권리금은 인정되지 않을 텐데요."

권리금은 세입자끼리 주고받는 돈이다.

원래는 법에서 인정되지 않았지만 법이 바뀌면서 지금은 법적으로 보호받는 돈이기는 하다.

하지만 아무리 법이 바뀌었다고 해도 권리금은 건물주와는 상관없는 돈이다.

"이해가 안 갑니다만?"

"그게 말이지, 다음 세입자가 요식 업계 놈이 아닌 모양이야."

"업종 변경을 한다는 건가요?"

"그게 아니라 두한이라는 걸세."

"네?"

노형진은 여전히 이해가 가지 않았다.

두한은 아울렛의 주인이니 당연히 권리금에 대한 권한이 없다.

주인이 권리금을 달라고 해서 줘도, 나중에 계약이 끝나면 법적으로는 그걸 보증금으로 볼 뿐이다.

"나도 이런 방법은 생각은 못 했는데 말이지."

유민택은 쓰게 웃었다.

"제3자를 끼워 넣은 모양이야."

"이런 개 같은 새끼들을 봤나?"

제3자를 끼워 넣는다는 것은 이런 거다.

일단 계약이 끝난 가게를 내보낸다. 그리고 그곳에 제3자를 넣는다.

당연하게도 기존 세입자는 계약 기간이 끝났기 때문에 어떠한 권리금 같은 것도 챙기지 못하고 나가야 한다.

법적으로 계약이 끝난 상황인데 다음 계약이 되어 있다면 그걸 막을 수 있는 방법은 없는 데다, 계약의 갱신은 주인의 마음이니까.

"그러면 제3자가 가게를 운영하겠군요."

"그래, 그런 거지."

그 뒤 그 제3자가 그곳을 바로 매물로 내놓는 것이다.

그리고 새로 들어오는 세입자에게 권리금을 요구해서 새로이 돈을 뜯어내는 것이다.

"설마 그 제3자가 두한 쪽 사람이랍니까?"

"알아보니 그럴 가능성이 아주 높은 것 같네. 하지만 누군지는 드러나지 않았어."

"고전적인 방법을 쓰네요. 그런데 이런 더러운 짓을 다른 곳도 아닌 두한에서 할 줄은 몰랐습니다."

"고전적인 방법?"

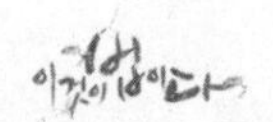

"뭐, 지금은 거의 사라졌지만 과거에는 종종 있었던 방법입니다."

보통은 기업이 아니라 개인이 쓰던 방법이다.

일단 건물주가 건물을 확장하고 각 가게를 친인척 명의로 등록한다. 그러곤 새로운 세입자를 구하는데, 그때 그 세입자는 가게 주인인 친인척에게 권리금을 줘야 한다.

권리금이라는 게 그 자리에서 장사했던 사람의 시설비나 기타 권리에 대한 가격이라는데, 사실상 텅 비어 있고 아무것도 없는 공간에 권리금을 매기는 꼴이니 결국 세입자로부터 돈을 더 뜯어내는 수법이었다.

"하지만 지금은 거의 사라졌지요."

그럴 수밖에 없는 게, 요즘은 어지간한 상권이 아니고서야 그렇게 빈 건물에 권리금을 주면서까지 들어가려고 하지는 않기 때문이다.

경기가 과거에 비해 많이 죽은 데다가, 웬만한 곳의 1층이 아닌 이상에야 굳이 의미가 없는 것이다.

더군다나 장사가 잘되는 상권은 거의 다 차 있으니 새로 건물을 올릴 이유가 없다.

건물을 올리기 위해 기존의 가게를 모조리 내보내고 재건축을 시작하는 순간 건물주 입장에서는 수익이 마이너스가 되어 버리기 때문이다.

"하지만 두한이라면…… 그럴 만하지요. 거기가 어디입니까?"

"광명 두한아울렛이라네."

"광명 두한아울렛이라……."

노형진은 인터넷에서 해당 업체를 찾아봤다. 그러곤 혀를 내둘렀다.

"상당히 성공한 곳이군요."

"그래, 상당히 성공한 곳 중 하나지."

"점포 수가 삼백쉰 개라……."

초대형 복합 쇼핑몰. 광명의 사람들이 와서 쇼핑과 여가를 즐길 수 있는 곳.

확실히 권리금이 있다면 상당히 비쌀 만한 곳이기는 하다.

물론 있다면 말이다.

"그런데 여기에 권리금이 있다고요?"

"그래."

"하지만 여기는 대형 상가 단지 아닙니까?"

"그게 문제가 되나?"

"당연히 문제가 되지요. 법에서 권리금을 다 인정해 주지는 않습니다."

2015년 법이 바뀌면서 권리금이 인정되기는 했지만 모든 곳에서 권리금을 인정해 주는 것은 아니다.

"일부 대상은 권리금이 인정되지 않습니다."

"일부?"

"네. 대표적인 곳이 이런 대형 점포 단지와 전통 시장이지요."

이런 곳들은 장사가 잘될 수밖에 없다.

물론 그건 나쁜 게 아니다.

그런데 그 탓에 권리금을 가지고 장난치는 경우가 워낙 많아서 문제가 된다.

"법적으로는 권리금이 인정되지 않습니다."

"하지만 현실이라는 게 어디 법대로 굴러가나? 자네도 알겠지만 사실 대부분의 사람들이 그걸 알겠나?"

"하긴, 그건 그러네요."

법이 바뀐 건 2015년이다.

하지만 여전히 시장에는 권리금을 주지 않고선 들어갈 방법이 없다.

'전형적인 법과 현실의 괴리지.'

사실 당연한 건데, 지금 들어가 있는 사람들에게 '권리금 포기하세요.'라고 한들 포기할 리가 없다.

그렇다고 죽어라 거기에서만 장사하라고 할 수도 없는 노릇이다.

"더군다나 권리금은 암암리에 합의되는 것이니까."

"이해는 갑니다. 그래서 두한에 더 좋을 수도 있는 일이겠군요."

법에서 인정되지 않는 돈.

당연히 그 돈을 준 사람은 신고도 못 한다.

"일단 권리금을 노린다고 가정해서 일을 진행하지요. 광명 두한아울렛이라……. 이런 곳은…… 보통은 권리금이 2억쯤 하겠죠. 확실히 살아 있는 상권이니까요."

한 점포당 권리금이 2억. 그리고 삼백쉰 개의 점포라면 단순히 계산해도 권리금만 거의 700억이라는 소리다.

"월세만큼 나오겠는데요?"

노형진은 어이가 없다는 표정으로 말했다.

그리고 문제는 그것만이 아니었다.

"오픈 시기를 보니 5년 전이라……. 그때 들어온 사람들은 맨땅에 헤딩을 한 셈이군요."

어느 상권이나 마찬가지이지만 상권이 생기고 활성화되기까지는 어느 정도 시간이 필요하다.

광명 두한아울렛의 경우는 3년에서 4년 정도 걸렸다.

하지만 이것도 무척이나 빠른 거고, 일반적으로 상권 하나가 활성화되는 데 필요한 시간은 10년 정도로 본다.

그 말은 그 지역이 활성화될 때 처음에 들어오는 사람들은 말 그대로 적자를 각오하고 맨땅에 헤딩하면서 싸워야 한다는 소리다.

"생긴 지 5년 되었고 활성화된 건 3년. 수익은 기껏해야 2년 났을 테고. 그러니까 활성화시킨 사람들에게서 가게를 빼앗는 거네요, 합법적으로."

"나도 그렇게 생각하네. 그래서 자네를 부른 거고. 우리 쪽에서는 어떻게 할 수가 없다고 하더군. 어찌 되었건 우리는 제3자 아닌가?"

일단 제3자인 대룡은 끼어들 수가 없다.

그리고 법적으로 본다면 두한이 하는 짓은 양아치가 맞지만 합법의 영역에 들어가 있다.

"5년째라면 슬슬 두한아울렛의 매장들이 바뀌기 시작할 시점이군요."

"그래, 물론 변동은 있겠지만."

늦게 들어온 사람도 있을 테고, 중간에 포기하고 나간 사람의 자리를 메운 사람도 있을 것이다.

하지만 일단 대부분의 사람들은 계약 기간이 끝나는 시점이다.

법이 바뀐 상황이니 당분간 두한의 입장에서는 지금이 한탕 크게 해 먹을 수 있는 마지막 기회일 가능성이 크다.

"더군다나 이 돈은 추적도 안 될 테니까요."

제3자에게 준 돈이 두한으로 들어갈 거라 추측하는 건 어려운 일이 아니다.

두한이 아니라면 이런 식으로 체계적으로 장난질을 할 수는 없다.

"더군다나 두한이 요즘 사정이 안 좋지 않나?"

"그건 그렇지요. 추적할 수 없는 돈 700억은 절대 작은 돈이 아니니까요."

그걸 뇌물로 써서 국책 사업을 따낼 수도 있고, 아니면 다른 사업을 벌일 수도 있다.

"물론 이게 나나 대룡과 관련된 사건은 아니네만, 두한의 성격을 생각하면 그냥 두면 곤란하거든."

두한의 성격은 '은혜는 잊고 보복은 백배로'라고 할 수 있다.

이미 두한은 대룡과 노형진에게 연달아서 깨졌다.

특히 주력 사업을 대룡에 빼앗겼기 때문에 그들은 대룡에 원한을 가지고 있다.

"쓸데없이 적이 성장하는 걸 두고 볼 필요는 없지. 특히 이렇게 양아치 짓을 하는 놈들이라면 말이야."

'하긴, 중소기업 가지고 주가조작 하던 놈들이 어디 가는 건 아니지.'

결국 본질은 그대로이고, 그 본질이 바뀌지 않는 이상 두한도 변하지 않는다.

"하지만 우리가 끼어들기에는 애매하고……."

법적으로도 불리한 건 이쪽이다.

"언론 쪽에는 이야기해 보실 생각이 있습니까?"

"힘들 걸세. 이빨이 빠지고 있다고는 해도 여전히 두한은 호랑이야."

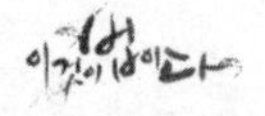

"하긴, 그렇지요."

노형진이 언론을 한차례 정리했다지만 그건 어디까지나 거짓을 말하지 못하게 하는 거였지, 진실을 말하게 하는 정도는 아니었다.

그 두 가지는 전혀 다르기에 노형진이라고 해도 그걸 강제할 수는 없었다.

"그렇다고 우리가 가서 싸울 수도 없고."

주변에 다른 복합 쇼핑몰을 만드는 건 수지타산이 안 맞는다.

일단 두한아울렛 주변 땅값이 과거에 비해 엄청나게 올라갔으니 지금 들어가면 적자다.

더군다나 복합 쇼핑몰 하나 만드는 데 들어가는 돈을 생각하면 쉽게 나설 일도 아니다.

"성화와의 싸움만 아니었다면 먼저 시작했을 텐데."

실제로 대룡의 복합 쇼핑몰 계획은 오래전부터 있었다.

하지만 성화와 전쟁하면서 모든 자금이 그쪽 위주로 흘러가는 바람에 늦어진 것이다.

"그렇다고 주변에 달리 할 수 있는 것도 없고."

"복합 쇼핑몰이 옆에 있으니 작은 빌딩 몇 개 올려 봐야 아무런 효과도 없을 겁니다."

"자네 말이 맞아. 도리어 이쪽에서 잡아먹히겠지."

이건 아무리 노형진이라고 해도 건드리는 게 쉽지 않은 싸움이었다.

“흠…… 이건 곤란하군요, 진짜.”

가게 한두 개라면 모르겠는데 무려 삼백쉰 개다.

“자네가 좀 해결해 줄 수 있겠나?”

“해결해야지요.”

노형진은 자신의 목을 물어뜯고 싶어 하는 야수의 성장을 내버려 둘 생각이 전혀 없었다.

⚖

“어마어마하네.”

노형진은 다음 날 무태식과 함께 바로 두한아울렛 광명 지점으로 향했다.

그리고 혀를 내두를 수밖에 없었다.

평일임에도 불구하고 사람들이 바글바글했기 때문이다.

“어마어마하게 사람이 많네요.”

“두한이 우리한테나 이미지가 안 좋은 거지, 뭐 평범한 사람들한테 이미지 안 좋을 일은 없으니까요.”

무태식 변호사가 쇼핑몰 내부를 꽉 채운 사람들을 보며 말하자 노형진은 씁쓸한 표정을 지었다.

“현대의 기업은 대부분 가면을 쓰는 데 능숙하니까요.”

이기적이고 탐욕적인 방법만으로는 절대로 성공하지 못한다.

홍보라는 건 결국 물건을 잘 팔기 위한 것도 있지만 동시에 가면을 잘 쓰기 위한 것도 있다.

"저기군요, 월암정."

입구 가까이에 있는 제법 비싸 보이는 일식집.

노형진은 그 안으로 들어가서 자신들의 명함을 내밀었다.

"노형진입니다. 이쪽은 무태식 변호사이고. 조강수 씨 맞으시죠?"

"진짜로 오신 겁니까?"

조리복을 입고 있던 남자는 당황한 듯 물었다.

"모르셨습니까?"

"아니, 진짜로 올 줄은 몰랐지요. 물론 제 동생이 대룡에서 일하기는 하지만 직원 형제의 문제에까지 변호사를 보내줄 거라고는 생각하지 못해서요."

"상황이 좀 특수하기 때문이라고만 해 두죠. 그나저나 자세한 이야기를 좀 들어 볼 수 있을까요?"

"아, 한 시간만 있으면 브레이크 타임이니까 그때 이야기하시지요."

"알겠습니다."

노형진과 무태식이 근처 커피숍에서 시간을 보내다가 다시 월암정으로 들어가자 조리복을 입고 있던 남자는 그들을 안쪽으로 안내했다.

"잘해 놨네요."

"돈이 제법 들었습니다."

"그랬겠네요. 그나저나 동생분이 이야기하신 걸 다시 한 번 확인하고 싶은데요."

"뭐, 뻔하다고 할까요?"

조강수가 하는 이야기는 노형진이 전해 들은 것과 그다지 다르지 않았다.

"그런데 그걸 어떻게 아신 겁니까? 그러니까 기업 차원에서 들어온다는 거 말입니다."

"저희가 뭐 바보도 아니고요."

상인들도 서로 만나고 이야기하고 그런다.

당연히 요즘의 화두는 계약 갱신이다.

그런데 그런 이야기가 나오면서 비슷한 처지의 사람들이 많다는 걸 다들 알게 된 것이다.

"한두 명도 아니고 수십 명이 그러면 뭔가 이상한 거죠. 더군다나 가게를 보러 온 사람이 한 명도 없거든요."

들어올 사람이 안쪽을 보지도 않고 그냥 계약을 한다?

세상에 어떤 바보가 그런 계약을 하겠는가?

일단 가게를 보러 와서 내부를 둘러보고 주방도 확인하면서 주변의 문제를 확실하게 파악하고 넘어가려는 게 당연하다.

"물론 손님인 척 왔을 수도 있겠지요. 하지만 그렇게 볼 수 있는 곳은 한계가 있거든요."

식당의 경우는 가장 중요한 주방을 확인하러 온 사람이 아무도 없었다.

옷 가게라면 창고를 확인해야 하는데 그런 사람도 없었고 말이다.

“그리고 어차피 저쪽에서 계약 안 한다고 했으니, 누가 오든 우리가 막을 수 있는 것도 아니거든요.”

그런데 가게를 보러 온 사람이 아무도 없었다?

‘확실히 말이 안 되기는 하네.’

아무리 이곳이 장사가 잘되는 곳이라고 해도 가게를 확인하기는 해야 한다.

“흠…….”

“음…….”

설명을 마친 조강수는 신음을 흘렸다.

고민을 해결해 주기 위해 변호사들이 온 건 좋은데 갑자기 일이 커졌다는 느낌이 들었으니까.

“그러면 한 가지만 더 여쭙겠습니다. 여기 권리금이 얼마나 됩니까?”

“권리금요?”

“네. 저희가 두한에서 권리금을 노리고 장난치는 것으로 생각한다고 말씀드렸지 않습니까?”

“뭐, 가게마다 다르기는 한데 한 칸당 2억 정도 생각하시면 됩니다.”

“한 칸요?”

칸이라는 생소한 단어에 노형진은 고개를 갸웃했다.

"세제곱미터당 말씀하시는 겁니까?"

"아니요. 그게 아니라, 여기에서는 한 칸이 기본으로 정해져 있습니다."

한 칸은 평수로는 대략 30평 정도라고 한다.

그래서 가게 주인은 계약할 때 한 칸이나 두 칸, 세 칸 정도로 가게를 낸다고 한다.

"그러니까 권리금이 어마어마하지요."

노형진은 쓰게 웃었다. 예상대로였다.

"혹시 권리금이 없다는 말씀은 들으셨습니까?"

"네? 그게 무슨 말입니까? 권리금이 없다니요?"

어리둥절한 표정이 되는 조강수에게 노형진은 법이 바뀌었으며, 이런 대형 복합 쇼핑몰은 권리금이 인정되지 않는다는 사실을 이야기해 줬다.

"네? 진짜로요? 저는 그러면 나갈 때 권리금을 못 챙기는 겁니까?"

"현실적으로는 그렇습니다. 하지만 나갈 때와 들어올 때의 문제는 다르죠."

나갈 때는 법적으로 권리금을 못 챙긴다.

"하지만 지금 이곳은 흥한 상권이지요. 당연히 몰래 권리금을 주고서라도 들어오려고 하는 사람들이 있을 겁니다. 아무리 봐도 두한에서 노리는 게 그거인 것 같아요."

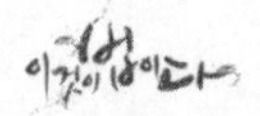

"하지만 두한은 그 돈을 못 가지고 가지 않습니까?"

"네. 제3자가 가지고 갈 겁니다. 누군지 모르는 제3자가요."

"누군지 모르는 제3자라고 하면……?"

"권리금은 주인과 관련이 없는 사항입니다. 이게 법의 맹점인 건데요."

법률상 건물주가 이전 세입자가 권리금을 받지 못하게 방해하는 것은 금지되어 있다.

하지만 이런 대형 쇼핑몰은 권리금이 없다.

그러니 딱히 두한이 권리금에 신경 쓰지 않아도 된다는 거다.

"그런 걸 주의의무가 없다고 표현하지요."

애초에 여기서 권리금이 발생할 수가 없으니까.

그러나 세입자들은 알음알음 권리금을 챙길 것이다. 당장 조강수조차도 그걸 당연하게 생각하고 있었으니까.

"그런데 그거랑 무슨 관계가 있다는 겁니까?"

"권리금이 없으니까 당연히 다음 사람은 보증금만 내고 들어오지요. 그리고 그는 다다음 사람에게 권리금을 받고 넘길 겁니다."

"권리금이 없다면서요?"

"사람들이 그걸 알까요? 조강수 씨도 지금 아셨지 않습니까?"

"……."

실제로 법이 바뀌었지만, 부동산에서도 그에 대해 자세하게 안내하지는 않는다.

애초에 권리금이 없다고 이야기하면 가게를 내놓으려고 하는 사람 자체가 없어질 거다, 어떻게 해서든 계속 운영하려고 하지.

"그런 경우 법과 현실에 괴리가 생기지요."

사람들은 상가에서 권리금을 내는 게 당연하다고 생각한다.

하지만 그 권리금에 대해 주인은 어떠한 책임도 없다.

"나중에 들어온 사람이 이 사실을 알고 그 돈을 돌려 달라고 해도? 두한에서 책임질 일은 없지요."

"하지만 그래도 그 권리금을 받아 챙긴 사람이 돌려줘야 하는 거 아닙니까?"

"그게 문제죠. 가게를 보러 온 사람이 없다고 하지 않았습니까?"

"그렇지요."

"만일 차명의 가짜 주인이라면요?"

"네?"

"두한 정도의 기업이 차명을 구하는 것은 어렵지 않습니다."

외국인의 이름을 구할 수도 있고, 이미 망해 버린 노숙자

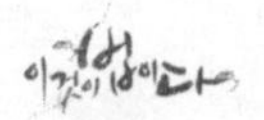

의 이름을 구할 수도 있다.

대포통장도, 정부에서 막아 보겠다고 그 난리를 쳐도 못 막는다.

일개 범죄 조직이 그 정도를 구하는데 두한에서 차명을 구하지 못할까?

"한국은 외국인의 임대차가 불법이 아닙니다."

"이런……."

"그리고 그다음은 뻔하지요."

나는 몰랐다, 법적으로 우리는 관리 책임이 없다.

법원에서는 두한의 항변을 받아들일 테고, 결국 소송은 개인 대 개인의 소송이 될 거다.

문제는 그 명의자에게는 결국 아무것도 없다는 것.

"해외에 있다고 해도 가난한 사람일 가능성이 높지요. 중국에서 명의를 빌려 오는 데 얼마 안 하니까요. 한국요? 노숙자라면 어디에 있는지조차도 찾아내지 못할 겁니다."

설사 형사를 걸어도 이게 문제가 되는 게, 사기가 되는지 아닌지 확신할 수 없기 때문이다.

"한국은 관습법의 영향력이 강합니다."

실제로 수십 년 동안 권리금이 유지되어 왔고 법적으로 인정까지 받았다.

물론 이런 대형 상권에는 권리금이 인정되지 않는다고 법에서 규정했지만, 문제는 그런 법을 일반인이 알 가능성이

거의 없다는 거다.

"유통산업발전법이라고 아십니까?"

"네? 처음 들어 보는데요."

"그게 문제인 겁니다."

한국에 있는 법이 한두 개도 아니고, 그 법을 일반인이 다 알 수는 없다.

그래서 아예 그 법의 존재 자체를 몰랐거나 죄가 되지 않는다고 생각할 이유가 있는 경우, 그건 실제로 죄가 되지 않는다고 판결하는 경우가 제법 많다.

설사 죄가 인정된다고 해도 정상참작 되어서 처벌이 확 약해진다.

"이 법이 딱 그런 거죠."

즉, 상대방이 잡힌다고 해도 결국 처벌의 수위는 낮을 수밖에 없다.

관습법에 따라 수십 년간 운영된 게 바로 권리금이고, 생긴 지 얼마 안 된 법에 대해 사람들이 잘 알 가능성도 적으니까.

"그리고 돈도 없을 테고."

그 돈은 두한에서 꿀꺽한 뒤일 테니 말이다.

"대기업이 그러면 안 되는 거 아닙니까?"

"안 되지요. 하지만 기업은 사람이 아닙니다. 돈만을 따르지요. 두한이라면 더더욱 그렇습니다."

두한은 중소기업을 이용해서 주가조작을 통해 돈을 벌던

기업이다.

그런 곳에 양심을 기대할 수는 없다.

"미친. 그러면 도대체 얼마를 챙기는 겁니까, 자리가 무려 오백 개가 넘는데!"

"자리가 오백 개요? 그러면 가게 수가 삼백쉰 개가 넘는단 말입니까?"

"가게 수는 삼백쉰 개가 맞습니다. 하지만 가게 칸은 원래 오백쉰 개로 알고 있습니다. 저도 이 가게를 하는 데 두 칸 썼으니까요. 솔직히 옷 가게 같은 거야 좁아도 그럭저럭 할 만하다지만 식당 같은 건 커야 하지 않습니까?"

"그건 그렇지요."

시장도 아니고 커다란 복합 쇼핑몰에 온 사람들이 작은 가게보다 큰 곳을 선호하는 것은 당연한 일이다.

"그래서 어쩔 수 없이 식당들은 크게 하지요. 그게 아니라고 해도, 대기업 쪽에서 들어온 곳은 크게 하고요. 제일 크게 하는 곳은 다섯 칸을 빌린 것으로 알고 있습니다."

"으음……."

하긴, 모든 가게가 동일한 사이즈일 리는 없다.

"그들 대부분이 올해 계약 갱신이지요?"

"네, 늦게 들어왔어도 내년이나 내후년 계약 갱신일 겁니다. 뭐, 나중에 구입해서 들어온 사람들이 조금 있기는 하지만 몇 명 되지 않을 테고요."

조강수는 입맛을 다시면서 말했다.

"그에 관해 다른 말은 없던가요?"

"뭐, 다른 건 없었습니다."

"알겠습니다."

노형진은 고개를 끄덕거리고는 그곳에서 나왔다. 그러곤 무태식에게 물었다.

"어떻게 생각하세요?"

"550칸이라면 단순 계산으로는 1,100억인데, 기업 쪽에는 그런 장난을 치지 못할 테니까 결국 소상공인 위주로 하겠네요. 그러면 대략 1,000억쯤 될 것 같군요."

"두한이 다급하기는 한 모양인데."

이런 이야기는 외부에 나가면 상당한 문제가 될 수밖에 없음에도 불구하고 두한이 이런 선택을 한다는 건 내부 사정이 녹록지 않다는 의미일 것이다.

"하지만 그것과 별개로 그들이 합법적인 영역에 있다는 건 사실이지요."

건물주로서 두한이 계약을 거절한 것은 합법이다.

계약 종료 후 다른 사람과의 계약도 합법이다.

당연히 그 가게를 그들이 다른 사람에게 넘기는 것도 합법이다.

"하지만 그렇다고 해서 그냥 둘 수도 없는 노릇이고."

전국에 두한아울렛의 숫자는 모두 삼십여 개.

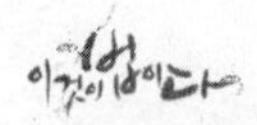

물론 다 여기처럼 큰 건 아니긴 하나 그 안에 있는 사람들의 숫자는 절대 적지 않다.

“결국 키워 준 사람은 빈손으로 떠나고 그 돈으로 두한만 배를 불리는 거네요.”

피해액이 수천억은 될 테지만 두한 입장에서는 그 돈을 자기들이 다 먹는 안전하고 아름다운 방법이다.

“노 변호사님은 어쩔 생각입니까? 역시 입주할 사람을 공략해야 할까요? 그게 제일 무난하겠지요?”

“그건 좋은 생각이 아닙니다. 일단 공식적으로는, 입주하는 사람들은 소상공인으로 분류될 테니까요.”

즉 노형진과 새론이 소상공인을 공격하는 형태가 될 테고, 그건 추후 약점이 되어 버릴 가능성이 크다.

“그러면 상권을 망하게 할까요?”

“그게 될 리가요. 저도 안 됩니다, 그건.”

다른 곳이라면 모르지만 최소한 여기는 안 된다.

일단 광명 두한아울렛은 이 주변에서 가장 커다란 쇼핑몰이다.

다른 쇼핑몰을 지으려면 어마어마한 돈이 들어가는데, 그 돈을 들인다고 한들 싸워서 이길 수 있다는 보장은 없다.

“제가 어느 정도 손실을 각오하고 싸운다고 해도 무리죠. 일단 시간이 너무 오래 걸리고요.”

땅을 사고 건물을 올리고 상권을 만들려면 못해도 10년은 걸릴 것이다.

농담이 아니라 정말로 그렇게 걸린다.

거대 상권을 만든다고 하면 기존 건물주들이 너도나도 비싸게 팔려고 할 테니까.

"아시겠지만 아파트 단지 하나 올리는 데에도 수년씩 걸립니다. 여기 광명 지점은 처음에 만들 때만 해도 미친놈이라는 소리를 들었습니다."

원래 여기에는 아무것도 없었다.

논과 밭밖에 없던 곳인데, 이곳을 두한이 사 뒀을 거라고는 누구도 생각하지 못했었다.

"뭐, 두한에서는 뇌물을 주고 신도시 관련 정책 정보를 빼냈을 테니까요."

그걸 알기에 미리 땅을 사 두고 방치하다가 신도시가 들어오자 냅다 쇼핑몰을 올려 버린 것이다.

실제로 이 주변에 다른 대형 마트나 백화점도 존재하기는 한다.

뇌물 주고 정보를 빼낸 것이 그들만은 아닐 테니까.

"하지만 체격 차이가 압도적이지요."

백화점과 대형 마트는 장을 보기 위해 접근하는 곳이기에 아무래도 여기처럼 여가를 즐긴다는 느낌은 없다.

"그러니 여기가 잘될 수밖에 없고요."

그걸 이제 준비해서 싸워서 이긴다?

준비 기간만 10년이니, 이기는 것은 불가능에 가깝다고 봐야 한다.

"그러면 합법적으로 소송을 통해서는 못 이기는 겁니까?"

"애매하군요."

이게 과연 사기인지 아닌지가 문제다.

그런데 무조건 사기라고 볼 수는 없는 게 사실.

'기망 행위가 전혀 없으니까.'

나중에 들어오는 사람에게도 기망했다고 볼 수가 없는 게, 중간에 장난치는 놈이 앞사람에게 권리금을 주지 않는 것은 뒷사람과의 계약과는 전혀 상관없는 이야기다.

노형진은 고민하다가 문득 이상하다는 생각이 들었다.

"납득되지 않는 게 하나 있군요."

"뭡니까?"

"지금 무태식 변호사님도 두한의 내부 사정이 안 좋다고 하지 않았습니까?"

"그러니까 이런 짓거리까지 하지 않겠습니까? 사실 두한의 내부 사정이 좋을 리가 없고요."

두한은 방사능 차량과 방사능오염 철강 문제로 말 그대로 치명타를 입었다.

결국 그걸 해결하기 위해 두한자동차와 두한조선을 팔아야 했다.

그런데 지금 상황에서는 말이 안 되는 게 하나 있다.

"그러면 돈은 어디서 해결하지요?"

"네?"

"돈 말입니다. 권리금은 권리금이고 보증금은 보증금 아닙니까?"

"보증금? 아하! 보증금요!"

권리금이 세입자 간의 거래라면 보증금은 세입자와, 권리를 가진 건물주 간의 거래다.

당연히 계약이 종료되면 보증금은 돌려줘야 한다.

"애초에 보증금이라는 것 자체가 유사시를 대비해서 존재하는 거니까요."

월세를 내지 못하거나 건물에 치명적인 하자를 발생시킬 경우에 대비하기 위해 건물주가 가지고 있는 돈이 바로 보증금이다.

"하지만 그걸 받은 순간부터 은행에 넣어 두는 사람은 없지요."

그 정도면 엄청난 부자일 수밖에 없다.

더군다나 기업은 그 돈을 굴려서 더 큰 돈을 벌려고 하지 얌전히 은행에 묶어 두지는 않는다.

"두한은 상가를 판매한 게 아니라 임대를 했습니다. 당연히 막대한 보증금이 발생했겠지요."

"그러고 보니 논리적으로 말이 안 되네요."

이렇게 치졸한 방법을 써야 할 정도로 다급해진 두한이다.

그런데 그런 두한에 이들의 보증금을 돌려줄 방법이 과연 있을까?

"외부에서 들어오는 사람들이라면 보증금을 받아서 넘겨 줄 수도 있겠습니다만……."

상권은 이곳이 처음 세워졌을 때에 비하면 확실히 살아난 상태. 세가 올라가는 게 정상이다.

실제로 조강수는 세가 올라가리라 예상하고 있었다고 말했다. 계약 해지는 예상하지 못했지만 말이다.

"월세가 올라가면 보증금도 올라가는 건 당연한 겁니다만."

그래야 월세를 내지 못하면 보증금에서 까니까.

"그렇군요. 여기에 들어오는 제3자가 돈이 있을 리가 없으니 보증금을 돌려줄 방법이 없군요."

몇 사람이 이곳에 끼어드는지 모르겠지만 아무리 못해도 보증금은 개인당 수십억 단위가 되어야 한다.

"그걸 받을 리가 없을 테고."

두한이 그걸 주자니 돈이 나올 구멍이 없다.

그렇다고 안 주자니, 보증금도 주지 않은 채 계약 해지를 주장할 수는 없다.

보증금은 못 주겠지만 당신은 나가야 한다고 하면 누가 나가겠는가?

당연히 소송이 시작될 거고 몇 년이 걸릴지 모른다.

"두한의 상황을 봐서는 몇 년 안에 그 돈을 확보해서 주지 못할 텐데요."

그나마 징벌적 손해배상과 기타 비용은 어떻게 틀어막았다지만 여전히 두한에서 과거의 풍족함은 사라진 상태다.

일단 가장 돈이 되던 두한철강의 판매량이 반의반 이하로 떨어졌기 때문이다.

가장 큰 소비처였던 두한자동차가 매각되었고, 해외에서 신뢰를 잃어버리는 바람에 수출량은 확 떨어졌다.

당연하게도 두한은 다급하게 박리다매로 수출 방식을 바꿔야 했고 과거에 비해 수익률은 형편없는 상황이다.

"은행에서 빌렸을까요?"

"그럴 가능성이 크기는 한데, 시중 은행이 쉽게 빌려주지는 않을 텐데요. 성화의 마지막을 아시지 않습니까?"

"하긴, 그건 그러네요."

성화는 마지막에 돈을 구하기 위해 사방으로 뛰어다녔다.

하지만 이미 승리자가 대룡이라는 걸 아는 은행들은 그들을 거부했다.

"물론 완벽하게 싸움이 끝난 건 아니지만 그래도 두한과 손잡고 싸울 만한 은행이 있을까요?"

이미 재계 2위가 된 대룡.

그에 반해 이제는 재계에서 퇴출 직전인 두한.

그들의 싸움이 일단 멈춘 상태라지만 여전히 은행 쪽은 눈치를 보고 있다.

"그리고 두한에 돈을 빌려준 은행이 있다면 유 회장님이 당연히 이야기해 줬을 겁니다."

"하긴, 그렇군요."

한두 푼도 아니고 수백억대의 돈이 두한에 넘어가는데 대룡의 정보망에 걸리지 않을 리가 없고, 유민택이 그 건에 대해 이야기해 주지 않았을 리가 없다.

"수백억의 출처가 없는 돈이라……."

"아니, 그런 돈이 어디서 갑자기 나타난 거죠?"

무태식이 황당한 표정으로 말하는 순간 노형진의 머리에 아차 하는 생각이 스쳤다.

"일본 자금."

"네?"

"기억하십니까? 일본 자금으로 두한에서 한국 연예계를 집어삼키려고 했던 것."

"기억합니다. 뭐, 흐지부지되어 끝났지만요."

"그 돈이 일본으로 돌아갔을까요?"

무태식은 고민하는 듯 잠깐 침묵을 지키다 고개를 흔들었다.

"그럴 리가 없지요."

그 당시 알아낸 바에 따르면 그 돈은 일본의 부패한 정치인들이 수십 년에 걸쳐서 빼돌린 것이었다.

그리고 그걸 세탁하기 위해 한국으로 들여왔었다.

다만 노형진 때문에 실패했던 것뿐.

"하지만 일본으로 그 돈을 가지고 갈 수는 없지요."

일본은 쿠데타 사건 이후에 정권이 바뀌었고 일왕이 전면에 나섰다.

물론 헌법상의 문제로 일왕은 여전히 정치를 못 한다.

하지만 지금 일본의 정치계는 철저하게 일왕에게 충성하는 충성파로 구성되어 있다.

"그리고 그들은 기본적으로 과거의 정치인들과 사이가 안 좋습니다."

그들이 다시 권력을 잡으면 자신들이 또 당한다는 걸 알기에 그들의 감춰진 힘인 돈을 찾아내기 위해 혈안이 되어 있으니까.

"일본으로 가지고 가는 순간 압류될 테니 그건 힘들 테고……."

"설마 그 돈으로?"

"깔끔하지요. 상황에 따라 다르지만 더러운 돈을 일본 밖으로 빼내는 건 쉬운 상황이 아닙니다."

쿠데타가 실패하면서 혼란해진 상황에서는 어떻게 가능했을지도 모른다.

하지만 이제 일본은 안정을 찾아 가고 있고, 일본 내에서는 피바람이 불고 있다.

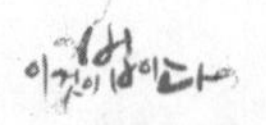

야베와 극우 정권이 얼마나 해 처먹은 게 많은지 파도 파도 끝이 없는 상황.

그런 상황에서 애써 밖으로 내보낸 돈이 다시 들어온다면 걸릴 수밖에 없다.

실제로 쿠데타 때는 안전성 문제로 막대한 자금이 일본을 이탈했기에 거기에 숨어서 나올 수 있었겠지만, 지금은 아니다.

"일본 자금으로 이런 짓을 한다고요?"

"시험이라는 거죠. 한국에서 이런 짓을 하면 돈을 얼마나 벌 수 있겠습니까?"

노형진의 말에 무태식은 긴 한숨을 내쉬었다.

"아마 접근해서 포섭하면 건물주 대부분은 넘어가겠네요."

"맞습니다. 어딜 가나 법의 허점을 이용하는 놈들은 넘쳐나기 마련이지요. 더군다나 권리금에 관한 법은 생긴 지 얼마 안 되었습니다. 허점투성이지요."

법의 보완이 필요한 이유가 바로 그거다.

법을 만드는 사람들이나 집행하는 사람들은 아이러니하게도 실무 경험이 전혀 없다.

법을 만드는 정치인들은 사회에서 법이 어떻게 적용될지 제대로 예상하지 못한다.

법을 유권해석 하는 자들 역시 공무원으로 편하게 살다 보니 그것이 어떤 영향을 줄지 제대로 이해하지 않는다.

어차피 자신과는 상관없는 일이니까.

'가령 전세 연장권 같은 경우는 문제가 되는 거지.'

전세 연장권은 아직 나오지 않은 법이다.

하지만 그게 심각한 문제가 된 것은 그 법을 제대로 만들지 않아서다.

전세 연장권은 전세 세입자가 집주인에게 전세의 연장을 요구한 경우, 1회에 한해서는 기한을 무조건 연장해 주는 법이다.

이 법은 본래 세입자들의 안정적인 생활을 유지하기 위해 만들어졌다.

하지만 일부 세입자들이 그걸 악용했는데, 실거주 목적으로 집을 산 집주인들에게 다짜고짜 그 권리를 이용해서 나가지 않겠다고 버티기 시작한 것.

심지어 서로 다 계약이 되어 있었고, 나가는 걸로 약속되어 있음에도 불구하고 그랬다.

애초에 전세 연장권을 만든 이유는 어차피 다른 세입자가 들어올 것이 뻔한 상황에서 무조건 건물주가 세를 높여 버리는 걸 막기 위해서인데, 정작 그걸 세입자들이 악용하면서 들어오고 싶으면 작게는 천 단위, 많게는 억 단위의 돈을 내놓으라고 협박하기 시작했던 것.

현실적으로 실거주를 목적으로 주택을 구입한 주인들은

돈이 바닥났을 테니 어디도 가지 못하는 것을 이용해서 협박한 것이다.

'그게 고쳐질 때까지 혼란이 엄청났지.'

지금도 마찬가지.

세입자들 사이의 권리금이라는 건 어떠한 법률적 의미도 없는 돈이다. 애초에 권리금에 대해 규정한 법도 없다.

당연히 그걸 바로잡아야 하는데, 그런 경우 혼란이 극심하기 때문에 어떤 정권도 손대지 못했다.

어떤 세입자는 집주인에게 권리금을 내놓으라면서 소송을 하기도 했다.

실제로 모 연예인은 그러한 소송에 지쳐서 일부 권리금을 주고 내보내기도 했다.

물론 법적으로 소송을 통해 싸운다고 해도 줄 이유가 없다.

하지만 온갖 사회단체에서부터 정치인까지 찾아와서 너는 사회적 강자이니까 돈을 줘야 한다고 몰아붙이자 결국 포기할 수밖에 없었던 것이다.

"다들 눈치를 보면서 아무도 손대질 않더니 결국 이 지랄이 나네."

그걸 알고 있던 무태식은 '끙!' 소리와 함께 한숨을 쉬었다.

"그러면 이 문제를 어떻게 해결하지요? 이번에 들어오는 사람들에게 권리금은 없다고 홍보해야 할까요?"

"그게 가능할까요? 언제 어디서 어떻게 들어올지도 모르는데."

현실적으로 그건 불가능하다.

설사 그런다고 해서 다 막을 수 있는 것도 아니다.

노형진이 말한 것처럼 이렇게 장사가 잘되는 상권은 찾기 힘들다.

더군다나 법이 바뀌면서 한번 계약하면 최장 10년까지 장사할 수 있다.

"더군다나 이 주변에는 구조적으로 다른 경쟁 업체가 들어올 수가 없지요."

그렇다 보니 장기적으로 보면 여기는 분명 돈이 되는 장소다.

"우리가 권리금은 불법이라고 해도, 권리금을 주고 들어오려고 하는 사람은 분명 있을 겁니다. 임대차법상 권리금 장사를 막아도 결국 할 놈들은 다 하지 않습니까?"

"그건 그러네요."

임대차법에 따르면 권리금이 인정되기는 하지만 몇 가지 조건이 있는데, 그중 하나가 그곳을 최소한 1년 6개월 이상 운영한 상태여야 한다는 것이다.

소위 권리금 장사라고 하는 사기꾼들이 많아서 생긴 조항이다.

권리금 장사꾼들은 가게를 만들고 박리다매로 판매하면서 돈을 번다. 그리고 가게가 흥한 것처럼 보이게 만든다.

거기다 식당이라면 음식 솜씨가 좀 있는 경우 그 가게는 흥하기 쉽다.

그러면 그렇게 한 6~10개월 정도 영업하다가 손님이 많아지면 가게를 내놓고 권리금을 챙겨서 나가 버린다.

사실 가게 내부를 열어 보면 박리다매인지라 수익도 거의 나지 않았고 음식 솜씨 역시 따라갈 수가 없기에, 결과적으로 나중에 들어온 사람은 망할 수밖에 없다.

그래서 그걸 막기 위해 권리금은 법적으로 1년 6개월 이상 영업했어야 인정된다.

"하지만 현실은 그렇지 않지요."

여전히 그런 권리금 장사치들이 넘쳐 나고, 부동산은 돈 때문에 그 사실을 다음에 들어오는 세입자에게 이야기해 주지 않는다.

"그놈의 돈, 돈……."

"네, 돈이 문제죠."

노형진은 쓰게 웃다가 고민에 빠졌다.

"일단 상황은 대충 알았고, 그러면 이걸 어떻게 해결해야 할지가 문제군요."

마냥 고발하자니, 미수죄가 없으니 처벌이 안 된다.

물론 나중에 들어온 사람이 나중에 가서야 그게 불법인 걸 알고 권리금을 재청구할 때는 이 법이 효과를 발휘하겠지만, 현실적으로 지금에 와서 권리금 문제를 따져 봐야 피해자도 없고 가해자도 없는 이상한 형태가 되어 버린다.

'피해자도 가해자도 없는데 처벌이 될 수는 없으니.'

결국 피해자는 죽어라 고생해서 상권을 살린 일부 사람들이 된다.

'하지만 권리금과 그들의 계약은 전혀 다른 문제란 말이지.'

물론 두한에서 그들을 쫓아내는 이유가 권리금이라고 의심하고 있기는 하지만 두한에서 계약을 연장하지 않겠다고 한 건 현행법상 합법이다.

'전세 계약의 재갱신권은 아직 법이 나오려면 멀었고.'

지금 의뢰한 조강수가 원하는 건 단순히 권리금을 받고 나가는 것이 아니다.

만일 그런 거라면 노형진이 아무리 노력해도 안 된다.

어찌 되었건 불법적인 거니까.

'하지만 조강수 씨는 계속 장사하는 걸 원하는 상황이고.'

조강수뿐만이 아니다.

다른 사람들도 장사를 계속하기를 원한다.

이번에 계약하면 10년 동안은 마음 편하게 장사할 수 있으니 당연히 그들은 장사를 원하고 있다.

'하지만 두한에서는 가만둘 리가 없고. 일본 자금 쪽을 털

어 내 보자니 이건 어디다 감춰 놨는지도 알 수가 없고.'

자금 자체가 외부에서 들어온 거니 노형진의 힘으로 어쩔 수 없다.

"전의 그건 안 될까요? 그 돼지국밥집 사건처럼요."

"아마 안 될 겁니다. 그때와는 상황이 달라요."

그때는 건물주가 가게를 통째로 빼앗으려고 수작을 부린 거다.

그래서 다른 물건에 대한 소유권을 주장하면서 혼란을 야기했었다.

하지만 지금은 가게를 빼앗으려고 하는 게 아니라 그들을 내보내려고 하고 있다.

"실제로 이미 나간 회사들에는 계약서상의 조건대로 원상복구를 요구했다고 하니까요."

그건 이쪽에서 뭐라고 할 수가 없다.

"나중에 가서 들어온 사람들에게 이야기하는 건 어떨까요?"

"물론 그러면 두한에 타격을 입힐 수는 있겠지만, 현실적으로 힘들겠지요."

중간에 명의만 바꾸면 그만이니까.

"더군다나 알고 들어온다면 말입니다."

"하긴, 그렇군요."

어쩌면 두한에서는 권리금에 대해 자세하게 설명해 줄지

도 모른다.

그래서 권리금을 안 주겠다고 하면, 두한은 계약을 거절하면 그만이다.

그중에는 10년간의 안정적인 상권을 노리고 들어오는 사람들도 있을 테니 그들은 권리금을 주고 들어오려고 할 가능성이 크기 때문이다.

"이런 법은 강제 조항이 없으니까요."

권리금을 주고 계약을 했는데 나중에 문제가 생기면 돌려 달라고 할 수 있다.

하지만 그건 어디까지나 몰랐을 때의 이야기고, 만일 알고 들어온 거라면, 그리고 상대방이 그와 관련된 증거를 가지고 있다면?

돌려 달라고 말해 봐야 당연히 재판부에서 인정해 주지 않을 것이다.

이런 경우는 법보다는 양측의 합의를 더 우선시하니까.

물론 그걸 기반으로 그다음 사람에게 권리금을 요구하지는 못하지만 말이다.

"그리고 그래 봐야 우리 의뢰인들이 피해를 본다는 건 부정할 수 없는 사실 아닙니까?"

"그것도 그렇고……."

고민하는 노형진과 무태식.

그러던 어느 순간 노형진에게 한 가지 방법이 떠올랐다.

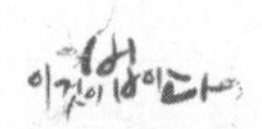

"방금 좋은 생각이 났습니다."

"좋은 생각요?"

"네, 우선…… 우리, 세금부터 냅시다."

"세금요?"

무태식은 이게 뭔 소리인가 하는 표정이 되었다.

피할 수 없는 건 죽음과 세금이다

"뜬금없이 세금이라니 무슨 소리인가?"

노형진의 말에 유민택은 뭔 말도 안 되는 소리냐는 표정이 되었다.

"세금을 왜 내?"

"이런 말이 있지요. 태어나면 피할 수 없는 게 두 개가 있는데, 하나는 죽음이요 다른 하나는 세금이다."

"그 말은 나도 아네. 하지만 이 상황에 그 말이 왜 나왔는지는 모르겠군."

"아마도 잘 모르겠지요. 하지만 법이 처음 생겼기 때문에 혼선은 분명 존재합니다. 그걸 노리는 거죠. 저들이 법의 허점을 노리듯이 말입니다."

"이해가 안 가는데."

"일단 대형 쇼핑몰의 권리금은 문제가 없다는 거 아시죠?"

"이해했네."

애초에 그러한 대형 쇼핑몰에서 권리금이 발생하지 않는다는 건 잘 알고 있었다.

"그런데 저쪽에서는 양쪽 합의라는 형태로 그걸 발생시키려고 하고 있고요."

피해자가 없는 경우 그런 계약은 계약서가 우선된다.

물론 나중에 한쪽이 마음이 바뀌어서 돈을 돌려 달라고 하거나 하면 그때는 법대로 규정될 테지만 말이다.

"우리도 그걸 노리는 겁니다."

"그거랑 세금 내는 게 무슨 관계인가?"

"정부에서 만든 권리금 표준 계약서가 있지요."

"권리금 표준 계약서?"

"네, 그걸 기준으로 해서 세금을 납부하는 겁니다. 권리금의 양성화가 의미하는 건 바로 그거니까요."

사람들은 권리금의 양성화가 단순히 법의 보호를 받는 거라고 생각하지만 그 이면은 좀 다른데, 권리금 역시 수익으로 보기에 그에 따른 세금이 붙는다는 의미다.

"그래서, 그 세금을 내면 뭐가 달라진단 말인가?"

"법적으로 건물주는 권리금의 행사를 방해할 수 없습니다."

"응? 그게 무슨 소리야?"

"기존 세입자가 자신을 대신할 새로운 세입자를 데리고 와 그들 사이에 권리금을 주고받는 행위에 대해, 건물주는 단 한 가지 경우를 제외하고는 그걸 방해하거나 계약을 거부할 수 없습니다."

그 단 하나의 경우는 바로 새로운 세입자가 월세나 기타 비용을 감당할 수 없다고 판단되는 때다.

"이해가 안 가는데?"

"간단하게 말해서 저쪽을 논리적 오류로 몰아붙이는 겁니다."

이쪽에서 먼저 계약하고 세금을 납부하면, 그 임대계약은 이쪽에 하자가 있지 않은 한 두한 쪽에서 뭐라고 할 수가 없게 된다는 소리다.

"그들이 그걸 부정하면 그들도 권리금을 요구하지 못하게 되는 거지요."

"응?"

유민택은 순간적으로 이해가 가지 않았다.

"아니, 애초에 두한은 뒤로 빠져 있는 상황이지 않나? 두한이 제3자를 통해 장난칠 거라면서? 우리가 전면에 나서자고?"

"정확하게는 그게 아닙니다. 우리도 제3자를 이용해서 장난을 치자는 거죠."

"그들도 제3자를 이용하잖나?"

그들은 제3자를 통해 장난칠 거다. 그건 확실하다.

"그리고 그들이 모른 척할 거라는 걸 우리는 알지요."

"그렇지."

두한은 지금까지 없었던 일을 가지고 법의 허점을 이용해서 장난치는 거다.

"하지만 우리가 먼저 하고 나면 없었던 일이 아니게 되는 겁니다."

"응?"

"관리 의무라는 거죠."

두한아울렛에서는 지금까지 권리금 때문에 문제가 된 적이 없다.

물론 기존의 몇몇 업체가 바뀌었겠지만 권리금은 결국 당사자 간의 문제였다.

"그래서 그들은 방치하고 있는 겁니다. 그걸 이용할 수 있으니까. 그러데 우리가 먼저 하고 나서면 그들은 뭐라고 할까요?"

"우리가 나서면…… 거부하고 싶겠지."

"그리고 그 경우에 가장 좋은 방법은 바로 재산 내역의 확인을 통해 자금 공급 능력이 없다는 걸 확인하는 겁니다."

노형진의 계획은 간단했다.

그곳에 들어갈 능력이 안 되는 사람들을 모집해서 먼저 계약하는 것.

"두한은 당연히 거부하겠지요. 그럼 그 핑계가 뭐가 될까요?"

"흠…… 일단 두한에서 권리금은 불법이라 안 된다고 하는 건 선택하지는 않을 것 같군."

현실적으로 그러면 결국 두한도 권리금으로 장난을 치지 못하게 된다.

더군다나 권리금이 불법이라고 언급한다고 해서 계약 자체가 불법이 되는 건 아니다.

그런 경우는 그냥 새로운 계약을 하고 들어오면 그만이다.

나가는 사람은 권리금을 챙기지 못하겠지만, 어차피 나가야 하는 거니까.

"결국 두한 쪽에서는 다른 조건을 달아야 합니다. 그게 뭘까요?"

"자네가 말한 자산의 규모겠군."

자산이 없어 신규 세입자가 월세를 낼 수 없을 것으로 판단된다, 그래서 계약을 해지할 수밖에 없다는 것.

"그러면 두한 입장에서는 제3자를 이용해서 장난치기 힘들어집니다."

"그러겠지."

제3자가 여기에 들어오려면 당연히 두한 입장에서는 권리금 같은 문제를 확인해야 한다.

한번 확인한 적이 있고, 그걸 확인하기 위해 자금 내역을 제출했으니까.

"자네가 노리는 게 뭔지 알겠군."

제3자의 명의로 계약해서, 그걸 이용해 몰래 권리금을 빼

돌리려고 한다? 분명 가능하다.

"하지만 그 제3자가 멀쩡한 사람일 수는 없지요."

외국인이거나 노숙하는 사람일 수밖에 없다.

당연히 그러한 부분에서 서류를 제출하기에는 문제가 생긴다.

"현실적으로 본다면 관리 책임의 문제가 발생하지요."

세입자가 데리고 온 사람들은 온갖 핑계를 대면서 거절했으면서 다음 사람에게는 최소한의 확인도 하지 않았다?

그러면 100% 관리 책임 문제가 터질 수밖에 없다.

"법적으로 계약을 해지하는 것을 막을 수는 없지만, 최소한 두한에 관리 책임의 문제를 각인시킬 수는 있지요."

"하지만 멀쩡한 사람을 데리고 오면 어쩌려고?"

"그게 과연 가능할까요?"

멀쩡한 사람을 데리고 온다면 나중에 그 사람이 모조리 독박을 쓸 수밖에 없다.

"더군다나 가장 큰 문제는 바로 1년 6개월의 시간입니다."

"하긴, 나도 그런 규정이 있다는 건 몰랐으니."

"아마 대부분은 몰랐을 겁니다. 두한은 그 부분을 노렸겠지요."

현실적으로 그러한 규정이 있다는 걸 모르면 사람들은 그 전에 얼마나 영업했는지, 그리고 얼마나 손님이 오는지 알 수가 없다.

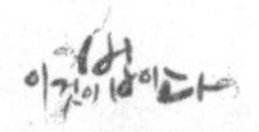

"그런데 그런다고 해서 두한에서 포기할까?"

"그건 확실하지 않습니다. 확실한 건 두한이 선불리 움직이지 못하게 된다는 거죠. 그들이 바보는 아닐 테니까요."

능력도 안 되는 사람들이 갑자기 차기 계약자라고 우르르 나타나면 두한도 이상하다는 생각에 조사할 것이다.

"그러면 저와 대룡의 존재를 찾아낼 겁니다."

"그러겠지. 세상에 비밀은 없으니까. 그리고 이번에 딱히 몰래 알아보라고 한 것도 아니었고."

유민택은 이미 두한과 같이 갈 수 없다는 걸 알기에 대놓고 조사하라고 시켰던 것.

"어찌 되었건 그렇게 되면 두한도 극도로 조심할 수밖에 없지요."

두한은 몇 번이나 법으로 장난치다가 노형진에게 역습당해서 결국 이 지경이 되었다.

"제가 이런 사실을 알고 있다는 걸 아는데 과연 두한이 그냥 순순히 진행할까요?"

그럴 가능성은 전혀 없다.

지금은 방법이 없다고 하더라도 이미 관리 책임 문제가 떠오른 이상, 나중에 속아서 권리금을 준 사람들이 당연히 노형진을 통해 관리 책임을 물어 달라고 할 게 뻔하니까.

"법적으로 막는 게 아니라 자네의 존재 자체가 부담이 되는 거군."

"네. 그리고 그 사례라는 것도 부담이 되는 거구요."

법조계에서는 사례, 즉 이전에 있었던 일에 대한 증명이 아주 중요하다.

가령 이전에는 당연히 하던 걸 안 하거나 하지 않던 걸 갑자기 하는 경우, 그건 재판부에서 일종의 특혜나 비리로 보는 성향이 있다.

"두한 입장에서는 아마 머리가 좀 아플 겁니다."

"그러면 일단 두한의 성장은 막을 수 있겠군."

"반만 그렇지요."

"반만 그렇다고?"

"현실적으로 살아난 상권 아닙니까?"

이런 말 하긴 그렇지만 두한이 직접 거기에 가게를 낸다고 해도 뭐라고 할 수가 없는 상황이다.

세를 내고 거기서 영업한다는 것은 그만큼 수익이 난다는 의미다.

다시 말해서 두한이 권리금을 포기했다고 해도, 이미 살아난 상권을 자기들이 꿀꺽하는 것은 전혀 다른 의미라는 거다.

"아시겠지만 특정 지역의 상권이 살아나면 그 계열의 기업들이 들어가서 자리를 차지하게 됩니다."

어차피 남이 벌어 갈 돈, 자기들이 벌겠다는 마인드로 접근하는 거다.

"물론 보통은 그 정도까지는 안 하지만요."

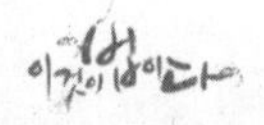

대기업에는 대기업이 할 일이 있으니까.

"하지만 난파선에서 뛰어내리는 쥐새끼들은 생각이 다를 겁니다."

"쥐새끼들?"

"두한에서 일하는 임원들 말입니다."

"임원들이 설마 대기업을 그만두고 가게를 할 거라고 말하는 건가?"

"직접 하지는 않을 겁니다. 하지만 제3자에게 넘겨주겠지요."

노형진은 조심스럽게 말했다.

"사실 잘 알려지지 않아서 그렇지, 대기업 임원들의 가게 빼앗기는 흔하게 벌어지는 일입니다."

"뭐? 그게 무슨 소리야?"

"작은 가게 하나뿐입니다. 회장님이 그런 것에 신경이나 쓰시겠습니까?"

당연히 신경 쓰지 않는다.

그런 건 다 아래에서 알아서 하는 거다.

"장사가 잘되는 자리에 임원이 자기 친척을 집어넣으려고 한다면 회장님이 아실 방법이 있겠습니까?"

"으음…… 없겠군."

유민택은 노형진이 하는 말이 뭔지 알 것 같았다.

작은 가게 문제는 자신에게 올라오지 않는다.

사실 그런 가게는 부장급 선에서 커트해서 해결할 수 있다.

"그 말은, 그 자리에 자기 가족을 밀어 넣어도 아무도 모른다는 거죠."

"두한에서도 그럴 거라 생각하는 건가?"

"그것 말고는 방법이 없을 겁니다."

노형진이 감시하고 있다는 걸 안 이상 권리금 장난은 못 친다.

그렇다고 해서 이제 와서 '계약 해지 안 할 테니 나가지 마세요.'라고 할 수도 없는 노릇이다.

"결국 그들은 기존 업자를 나가게 할 테고, 살아난 상권을 자기들이 뜯어먹겠지요."

대기업 계열의 건물에서는 흔하게 벌어지는 일이다.

"당장 대룡의 건물에 입점해 있는 커피숍과 매점의 주인이 누구 친척인지 알아보면 답이 나올 겁니다."

그 말에 유민택은 쓰게 웃었다.

그러고 보니 자신은 그런 건 생각도 해 본 적이 없다.

"그러면 최종적으로 두한의 승리를 막으려면 기존 업자가 계속 영업하게 해 줘야 가능한 거겠군."

"맞습니다. 엄밀하게 말하면 그게 맞지요."

물론 두한에 월세를 주는 거야 어쩔 수 없다지만 말이다.

"가능하겠나?"

계약 기간의 끝이 다가오고 있었고, 이미 두한은 그들을 내보낼 생각을 하고 있는 상황이다.

"가능하게 해야지요."

노형진은 진지한 얼굴로 말했다.

"그게 변호사의 일이니까요."

다음 권으로 이어집니다

南宮魔帝 남궁마제

문운도 신무협 장편소설

**회귀한 뇌왕, 가족을 지키기 위해
정파의 중심에서 제대로 흑화하다!**

세상을 뒤집으려는 귀천성에 맞서 싸우다
가족을 모두 잃고 제물로 바쳐진 뇌왕 남궁진화
마지막 순간 원수의 뒤통수를 치고 죽으려 했으나
제물을 바치는 진법이 뒤틀리며 과거로 회귀하다!?

남궁세가의 양자가 된 어린 시절로 돌아온 후
귀천성이 노리는 자신의 체질을 연구하다 기연을 얻고
회귀 전과 다른 엄청난 미모와 함께
뇌전의 비밀마저 알아내 경지를 뛰어넘는데……

**가족들에게는 꽃처럼 사랑스러운 막내지만
적이라면 일단 패고 보는 패악질의 끝판왕!
귀천성 때려잡기에 나서다!**